ジャージの二人

長嶋　有

集英社文庫

もくじ

デザイン　芥　陽子（note）
イラストレーション　nakaban

ジャージの二人

ジャージの二人

夜の七時に待ち合わせをした。武蔵野線は何度も利用していたが、東所沢駅で降りたことなど一度もない。暗いホームに降りて電車が行ってしまうと、取り残された気持ちになった。

立川に住む父が朝霞《あさか》に住む僕を高速道路のインターチェンジに向かう途中で拾う場合、最適な場所は東所沢なのだという。

駅前は殺風景だった。家電量販店の巨大さが目立つほかは特になにもない。帰宅する人影もまばらである。

コンビニに入る。昼に朝霞のコンビニで読んだ週刊誌を再び立ち読みする。誰がやったのか、ヌードの袋とじが綺麗《きれい》に開いている。自分がやったと思われたらまずいので、ちょっとだけ中をみて、急いで別の漫画本に移る。間もなく父のワゴン車がやってくるのが窓からみえた。時間通りだ。外に出て、コンビニの駐車場に停車したボロいワゴン車に乗り込もうとしたが、逆に父が降りてきた。二人でコンビニに逆戻りする。

父は五百ccの紙パック牛乳と餡《あん》パンと漫画雑誌を、僕もフリスクとペットボトルの緑茶を買った。

助手席に乗り込むと荷台にいた犬が立ち上がりわう、と啼《な》いた。純血種のハスキーだが茶色の毛は珍しく、雑種と間違われてありがたみがまるでないと父はいう。茶色の具合が麦芽飲料みたいなのでミロという名がついている。誰彼構わず尻尾を振る。

久しぶりに車に乗る。車のドアを閉じると室内が暗くなるのは、毎度のことながら理不尽な気持ちになる（なぜそうなるのか理由を説明されたことがあるが、忘れた）。シートベルトの差し込み口を探すのにずいぶんかかった。車を走らせるとすぐに父はラジオをつけた。雑音混じりのカーラジオからはプロ野球中継が聞こえる。

父は時折ピコピコーッという甲高い電子音とともに伝えられる「他球場の結果と途中経過」にしか興味がないようだ。音が鳴って早口の報告がある度に父はムチで撲《う》たれたみたいに「あぁ」と悲痛なうめき声をあげた。

「今年はどこなの」

「ヤクルト」父は応援するチームが毎年のように変わる。誰が放出されたとか、誰が何年ぶりに復帰したとか、そういったことでいちいち腹をたてたり過剰に感情移入をして、応援先が変わっていくのだ。

僕は父の買い物の入った袋から牛乳を勝手に取り出して一口飲み、ビッグコミックオリジナルを開き、ぱらぱらとめくる。車は高速に入った。

「あ、花輪和一だ。連載してるんだ」

「みつけたら買わないと、すぐに売り切れちゃうんだ」

「人気あるんだね」

「いや、発行部数が少ないから、その雑誌」というのでページを閉じて表紙をみると「ビッグコミックオリジナル」のロゴの下に「増刊号」とある。

父が牛乳を寄越せというしぐさをしたので手渡し、ペットボトルのお茶を口にふくんだ。眼鏡を外して目をこすり、またかけなおす。

「今日は快適だな」父はつぶやいた。

「まだまだ蒸し暑いよ」

「気温じゃなくて、道路がさ」

「そうなのか」車のことは本当に分からない。先月までいた職場では、三十人いた社員の中で免許を持っていないのは僕だけだった。

「仕事やめて、なにしてるの」

「なにも」

「ふうん、なにかいわれないの」誰に、と聞き返しそうになる。妻のことに決まっている。

「いわれないよ」

「ふうん」父は繰り返した。不審そうだが、なにも咎《とが》めない。父も最近はあまり本腰をいれて働いてはいないみたいだ。

父はカメラマンだ。人に使われるのが嫌で、若くしてすぐにフリーになった。はじめは風俗店の看板用の写真ばかり撮っていたそうだ。それから頼まれ仕事で動物の写真を撮るようになり、それが評判になった。渓流で川面をジャンプした瞬間の大魚だとか、鳥の羽ばたきだとかを撮りに巨大な望遠レンズを携えてあちこち出かける。生命保険会社のカレンダーの撮影で雪原の朝焼けとか地平線なども撮っていた。四国の海沿いだとか北海道の山奥だとか、一度出かけると一ヶ月近くは帰らないこともあった。

嫌だったなあ、と父は振り返る。たまたま売れてしまったからやめられなかっただけで、動物や風景写真は父の撮りたいものではなかったのだ。「自然はもういい。自然は、嘘臭い」という名言をはいた。蜂の巣の六角形や、竹の真っ直ぐさだとか、追いかけ続けると自然は意外と『パターン』が多くて、神秘が感じられなくなってしまうのだと父はいった。

ムササビの撮影で大怪我をした。普通は飛びそうな場所でヤマをはって待機するのだが、父は連続撮影のために滑空するムササビを森中追いかけ回し、転んで脚を折った。それきり動物はやめた。最近はたまに雑誌でタレントのグラビアを撮ったりしているが、意にかなう仕事はなかなか来ないようだ。

昔は、つまり僕の子どもの頃は、家にいてカメラを分解したりレンズを磨いたりする父の姿ばかりみていた。カメラの台数だけはやたらにあったから、カメラマンというのはカメラを売る人のことなのかと思った時期もあった。

撮影依頼が頻繁に来るようになっても夏場だけは休んだ。家族そろって群馬の山荘にいくのだった。それは今なお続いている。高温多湿の日本で夏に働くなんて馬鹿のやることだよ、と父はいいきる。

「母さんは元気だったの」不意に尋ねられる。

「元気だったよ」先々週、母方の親戚の葬式で田舎に帰ったのだ。

父は三度結婚している。僕の母が最初で、今は三度目だ。二度目の奥さんは冬に結婚して翌春には別れて、僕はそのとき母の実家から地元の高校に通っていたから、その奥さんがどんな人だったかもよく知らない。結構な額の慰謝料を払っているらしい。
　母は今でも父には手厳しい。夏の休暇を三人で過ごした写真はのこっているから、夏に働くなんて、という父の考えに反対はしていなかったようだ。それでも写真をみながら出てくる言葉は
「あの人には、もっとちゃんとしてほしかった」だ。いや、写真などなくとも、父を思い出す際にほとんど自動的に出てくる言葉のようだ。
　だがそもそも「ちゃんと」とはどういう状態だろう。いつも思う。
「ちゃんと働いてほしかった」のだろうか。あるいは「ちゃんと家庭のことも考えてほしかった」ということなのだろうか。そのように絞り込んで相槌《あいづち》を返すと、母はもどかしそうに首を振り
「そうじゃなくて、なんていうか、ちゃんとしてなかったから」という。
　母は「あの人がちゃんとしていれば」を繰り返すが、口調にはあまり屈託がない。蜜柑を口に含んで薄皮を出したり、テレビのチャンネルを替えたりしながら、僕の友達の少なさや、成績の悪さの話題のときにいったものだった。先々週の帰省の際も、仕事を辞めたと聞いてすぐに「あの人がちゃんとしていなかったからねえ」が出た。

それは、いろんな問題を僕自身が背負い込まないように、そこにいない父に転嫁してしまっている、そんな風にも聞こえた。もちろん本当に思っていることでなければ、そう何度も口にしないだろう。だが長い年月をかけて口癖のように繰り返すうちに、意味から感情がだんだん抜け落ちていった、そんな感じがした。だから僕にとっても、ただのおまじないのようなものだった。

そのちゃんとしていない父の、今の奥さんとその娘はともにおおらかな性格である。もちろん「夏に働くのは馬鹿だ」という考えにも大賛成のようだった。義妹などはまだ中学一年生なのに「人混みは苦手」などと聞いたふうなことをいうようになった。

もう八月も終わろうとしている。義妹の学校もはじまる。父の一家は七月末から三人で過ごしていた山荘を先週、いったん引き払ってきた。僕が子供のころも同じようにしていた。子供の学校のために一度東京に帰ってから、父一人だけ舞い戻る。そうして掃除をしたり、薪を作ったり、布団を干したりして来年の滞在にそなえるのだ。そんな後片づけにじっくり四、五日はかける。

父は無言でハンドルを握っている。車は大きな陸橋を渡る。いつか映画でみた夜のブルックリン橋みたいに、橋自体が輝いてみえる。

昔から常に巻末に近いところに載っている花輪和一だが、凄みと脱力感が混在しているのは逮捕前と変わらない。その他の漫画もぱらぱらと眺めてみる。いかにもオヤジ向けのサラリーマンものとか風俗ものとか、そんな感じだ。暗くて台詞が目に入りにくい。

「どう？」父が尋ねる。

「いいね」いいながら雑誌をダッシュボードの上に放る。ラジオのプロ野球中継は高速道路を行く車の疾走感に合わせるような早口で、テレビでみる野球とはまるで違うものを中継しているのではと思えてくる。少し眠くて窓の外をみた。流れていく外灯や看板を目で追いながら視線を後方にうつしていくと、荷台のミロと目があった。ミロも窓の外をみるのが好きなのだ。

大人になって僕が山荘にいくのは五年ぶりのことだ。勤めていた会社が忙しく、お盆も休めなかった。五年前にも、ほんの二泊しただけだ。

無職になった今年は夏の間中入り浸ることもできるはずだったが、決められた日時に職安に通ったり、いろいろ雑用が入ったりして出来なかった。

父は唐突に「死んじゃえ」と幼児のような発声でいうとラジオを消してしまった。ヤクルトが負けたのだ。そのまま高速を抜ける手前のドライブインに入った。車を降りると気温が少し低く感じられる。

「やっぱり東京より涼しいね」

「まだまだ、これからもっと涼しくなる」

「そう」山荘のある土地の標高は千百メートルだというが、数字だけいわれてもなにも実感できない。

ドライブインは広いが閑散としていて、蛍光灯の照明も白い床もどこか寒々しい。券売機は、かつ重以外すべて「売り切れ」のランプが点灯している。黙って二人かつ重を食べる。一口食べる毎に父は顔をしかめる。どうしたの、と尋ねる前に
「口内炎がね」といわれる。

入口の売店でミロのおやつを選ぶ。できれば亀田のソフトサラダせんべいがよいと父はいう。ないので似たようなせんべいを買った。なんで亀田のがいいの。駐車場を歩きながら尋ねる。

「袋に小分けされてるから」犬は噛《か》むというより、犬歯で裂きながら食べるから、袋に小分けされているのを裂いているうちに少量でも満足してしまうらしいと父はいった。車に近づくと不憫《ふびん》なミロが少しだけ開けた荷台の窓から鼻先を突き出してこっちをみていた。

高速道路を出て携帯電話の画面をみるとすでに「圏外」になっている。電源を切っ

て鞄につめた。

犬に買い求めたせんべいなのに、荷台に二袋ほど放ってやって、あとはほとんど二人で食べながらカーブの連続する峠道をのぼる。道路脇に大きな標識がいくつも並んでいる。どれも電飾で縁どられて大げさなぐらいだが「霧が出ればそれでも頼りない」のだという。一時間ばかり上っていくと、店の明かりもなくなり、外灯もまばらになった。

「本格的な夜だね」と僕はいってみた。サイロのある農場や、なにか背の高い草の茂った畑を通り過ぎると、ぽつんとコンビニがある。聞いたことのない店名だ。

「出来たんだ、コンビニ」

「ああ」八月いっぱいは二十四時間営業で、冬は閉鎖するんだって。ふうん。さらにゆくと場違いなほど大きな高層建築が一棟だけみえる。横手にさしかかると、ガラス張りのエレベーターの昇る様子が暗い夜にくっきりと浮かぶ。

「三年前に出来たホテル」いいながら父はホテルと逆方向にハンドルを切る。未舗装の道にかわり、両脇は背の曲がった木々に囲まれはじめる。

「最上階に温泉ひいてて、ここら一帯を眺望しながら入浴できるんだと」ドアミラーにまだそのホテルがうつっている。

「この不景気に、儲かるのかね」尋ねると父はさあ、という風に首を傾げて
「死んじゃえ」とまたいった。なにそれ、はやってるの？　その言い方。父は笑って答えない。
「死んじゃえ」と正面を向いて僕もいってみた。車はがたがた揺れながら走る。曇っているから星はほとんどみえない。窓の外に広がるのはただの闇だ。我々の車のヘッドライトのところにしか光というものはなかった。未舗装の道を何度もバウンドしながら車はさらに進んだ。すでに車輪で出来た轍《わだち》が深すぎて、車体の底が地面に擦れる感触が何度か伝わってきた。

車が停車し、父がシートベルトを外したので、着いたのだと分かった。助手席のドアを開けて地面に降り立っても自分の知っている場所に来たという気がしない。買って間もない腕時計のELバックライトを光らせる。午後十一時。父はあまり大きくない段ボール箱を小脇に抱え、懐中電灯をもって先に家に入っていった。

僕はハッチバックを開けて、自分の荷物とミロを車からおろすと、紐を握ったまま戸外に立った。ミロもじっと佇《たたず》んでいる。たしかにここはさっきのドライブインよりも肌寒い。秋の虫の声がする。子供のとき、山荘に着くとまず父は鎌を取り出した。一年の不在のうちに高く茂った草をざくざくと刈りながら玄関に向かうのだった。

父が家に向かうにつれ懐中電灯の光も遠ざかる。光は雑草や周囲の木々の一部を照らし、テラスの段を照らし、玄関の扉を照らし、父が家に入ると闇に包まれた。ブレーカーをあげたらしい、間もなく家中の電気が点いた。雑草を踏みながら歩き、ミロの紐をテラスの柵《さく》につなぐ。

荷物を抱えて中に入ろうとするとミロは立派な声で吠えた。家の中から飛んで出てきたのをはじめは大きな蛾かと思った。テラスの軒にぶらさがったのは小さなコウモリ。みあげると、あわてた様子で外に飛び出していった。住みついていたのだろうか。コウモリよりも、ミロが吠えたときの息がかすかに白かったことに驚く。

新しい扉を開けると五年前とは中の様子が違う。改築したとは聞いていたが、こんなに綺麗になっていると思わなかった。靴脱ぎはないのでテラスで脱いで中に入る。床は板張りの清潔で近代的なデザインだ。キッチンとくっついている。六人掛けの大きなテーブルが置かれているが狭くは感じない。

流しはシンクと言い換えた方がしっくりする綺麗なものに代わり、あればいいのにと思っていた待望のガス湯沸かし器も備え付けてある。冷蔵庫も僕の知っているものより大きく新しい。

古ぼけた柱時計には見覚えがあった。昔は居間にかけられていたものだ。子供のころは、あれのねじを巻くのが僕の担当だった。いつも背伸びをして巻いていた。巻き過ぎるとねじが壊れるときいてどきどきした。巻くときの手応えと高揚と神妙な気持ちとを一度に思い出す。

すりガラスの引き戸で隔てられた居間にうつると、こっちは昭和初期の面影が残る古めかしい部屋のままだ。砂壁で昼でも暗い。完全にリフォームしたわけではなかったらしい。

そうそう。この家はこうだった、こうだった。

畳の上を大きなカマドウマが我が物顔で歩いている。子供のころは山荘に巣くう虫が苦手だった。カマドウマはくみ取りの便所によく出るので、用便を我慢してお腹を壊したりした。

その便所にいく途中の廊下に板が腐りかけていて踏むと鳴る場所があって、久しぶりにその音を聞いてまた懐かしくなった。便所の隣は風呂場で、焚き場と裏口はくっついている。焚き場の三和土《たたき》に降りる手前には真新しい扉がある。ここも改築したところだろう。開けてみるとやはりちぐはぐなくらいモダンな造りの洋室で、段ボールがいくつも積み上げてある。義妹がこの夏に描いたらしい落書きや写生の絵が壁に何枚か貼ってある。

明かりのスイッチが洋室の前の壁に二つ並んでいる。スイッチそのものがオレンジに光っている最近のものと、黒い突起が飛び出た古いものと。光るスイッチを押すと焚き場の裸電球がついた。黒い方をつけてもなにも起こらない。これはたしか便所だ。便所に入るとやはり明かりがついていた。プラスチックの蓋《ふた》は真っ白く、多分買い換えたのだろう。振り向いてみればベニヤの薄い扉に小さなフック型の錠がついている。

小便をして戻ると父は居間の壁際に置かれた長椅子に寝そべっていた。運転が疲れたのか、ぐったりとしてなにをやる気もなさそうだ。長椅子からはみ出る足の、靴下の裏が真っ黒に汚れている。

「着いたよって、家に電話しなくていいの」父は寝たままいった。

「そっちこそ」

「うちは皆もう寝てるから」父はいった。

「うちの人は、まだ家に帰ってきてないから」

「負けず嫌いだなあ」父はおかしなことをいう。

「寒いね」といいながら僕は居間の奥の和室に自分の荷物を運び入れた。書生部屋と呼んでいる狭い和室には、押入に入りきらない布団が山と積んである。隅には昔の文机がある。鞄のジッパーを開けるが、急いで支度してきたせいもありろくな着替えがない。こんなに肌寒いとは思っていなかった。

僕はとりあえず鞄から原稿用紙の束を取り出して文机においてみた。一応、小説を書くつもりだ。古ぼけた卓上電気スタンドを床から引き寄せて明かりをつけてみるが、特に意欲が湧くでもない。

会社勤めをしていたころから何度か小説の新人賞に応募していた。無職になった以上は、昼夜を問わず書きまくって、あちこちに応募するつもりだったのに、まったく筆はすすまなくなっていた。この一ヶ月の間、構想を練るでもなく、成し遂げたことといえば中古ゲームショップで買ったバイオハザードを解いたぐらいだ。

今夜から使うであろう布団の山に手をあててみる。ふかふかとは言い難いが、そんなにじめっとしているわけでもないようだ。だんだら模様の赤と黒をアシナガグモが横断している。

「君、今、寒いっていわなかった？」かなり遅れて父はいった。居間に戻ると父は眉間にしわを寄せて長椅子から立ち上がった。重力が変わったみたいに動きが鈍い。

「寒いだって？」相手の言葉を不機嫌そうに反すうするのは父の癖の一つで、実際には表情ほど機嫌が悪いことはほとんどない。そう思っていると、逆に本当に機嫌が悪いときにそれに気付かずにふるまって、怒らせることもあるので困るのだが。

書棚から少し前に刊行されたつげ義春の全集を引っ張りだし、父が離れた隙に長椅子に寝そべり、仰向けになってめくる。

父はマニアだのオタクだのという言葉が生まれるよりずっと前からの漫画好きだ。手塚治虫がアトムを発表していた「少年」という雑誌を創刊から欠かさず購読していたが、大学生の時に下宿先の大家にゴミと間違えられて捨てられ、夢の島まで、友達のスバルで探しにいった話を何度か聞かされた。母もその話を知っていた。「夢の島に向かう途中でスバルサンバーの前も後ろもすべて清掃車になったっていうんでしょう」と細かいところまで覚えていたから、母にも何度も話して聞かせたのだろう。

杉浦茂から大島弓子まで、漫画はすべて父から教わった。つげの全集にはこれまで単行本に未収録だった最近作が収録されていた。どれどれとめくってみると寝取られ男が自殺に失敗する話で、切なさに本を閉じそうになる。

くるぶしをくすぐられた気がして首をねじると、大きなアシナガグモがつま先をゆったりと歩いている。東京で同じ状態になったらわっと飛び退いてしまいそうなのに、なんとも思わない。早くも身体が山荘の状態になじんできているのか。

父は奥の洋室から段ボール箱を抱えて、ゆっくりと戻ってきた。中には古着がつまっているのだろう。古着をためこむのは祖母の癖だ。祖母はいつまた戦争が起こっても着るものに不自由しないようにと考えつづけていた。

そもそもこの山荘自体、戦後間もないころに祖母が購入したものだ。いつまた戦争や震災が起こっても、住むところと着るものさえあれば、あとは畑でも耕せばなんとかなるのだという発想だ。そのときはこのへん一帯が高級リゾート地になるなんて思いもしなかっただろう。

「北軽井沢の別荘」といえば皆うらやましがるが、実態は昆虫やコウモリやネズミの巣窟《そうくつ》だ。森の中だから日当たりも悪く、洗濯物の乾きも遅いし、直しても直しても気がつけば雨漏りする。一頃《ひところ》は家の中に樋《とい》を吊ったという。決してお洒落で優雅な生活ではない。

父は段ボールから透明の袋入りのジャージを取り出した。古着ではなくて、一応新品のようだ。『ださー。だっさー』と繰り返す妻の声が間近に聞こえてきそうだった。

古着を集める祖母を便利がって、実家にはあちこちから古着が山のように送られてくるのだ。

「懐かしいな、これ」僕は半身を起こして一つ受け取った。そうかい、と父は怪訝《けげん》そうにいうが、僕が懐かしいといったのは包んでいる袋の方だ。このビニールかなにか分からないが、ちょっとごわごわした素材の袋、ジャージとか、ワイシャツをつつむのによく使うやつ。

「これなんていったっけ」これをかぶって窒息死した子供の話を小学生のときに聞かされた。

父は答えずに箱の中のジャージをどんどんめくっていく。がさがさいう音が大きい。中はすべてジャージだった。左胸のところに白いワッペンみたいなものが縫い付けてある。

「何小学校のにする？」難しい顔で尋ねられる。

「なんでもいいよ」父は袋から取り出した紺色のジャージを広げてみせた。

そして、そのまま着てしまった。父は写真家だが、被写体ではない、つまり自分の格好にはまるで無頓着だ。父の選んだジャージはサイズもぴったりで、似合ってはいる。僕も、手渡された小豆《あずき》色のを出して着てみた。

「ぴったりだ」腕のところに白い二本のラインが入っている。

「ドリフのコントみたいだ」父が僕をみていった。

「本当だ」

「君は桶谷の生徒か」

自分の胸元をみた。「桶谷小学校」とある。校章のようなものも刺繍《ししゅう》されている。学年と組と名前を書く欄も。父の胸元には「和小学校」とある。

「わ小学校？」思わず指差すと父も自分の胸元のワッペンを指でつまむようにしてみた。

「わ、とは読まないんじゃないか」わしょうじゃないだろう、わしょうじゃ。父は胸元の刺繍を指で延ばしてみつめながら、かずしょう？　とか、わっしょう？　などとしばらくの間ぶつぶついっていたが
「風呂沸かそう」と段ボールを抱えて立ち上がり、風呂場の方にいった。僕はズボンも小豆色のそれに穿《は》き替え、ずいぶんすっきりした気分になった。また長椅子に戻り、つげを読む。父は手ぶらで戻ってきて「やっぱりやめた」といって今度は和室の障子を開けた。

またすぐに布団を抱えて戻ってきて、どさっと投げるように置いた。

「薪がしけってて、つかない」薪にかけておいたビニールシートに穴があいていて、雨が入ったらしい、父はそういうと居間の端、和室のすぐ側に布団をさっさと一つ敷き始めた。

「まだ起きてるつもりなら俺が書生部屋で寝るけど」父は小さなシーツを広げて、四つんばいになって端を折り込んでいく。もう寝るつもりか。

「ああ、いや、僕もすぐ寝る」立ち上がり、布団をよけて和室に入る。父は毛布と掛け布団も広げ、敷いたばかりの布団にジャージのままでもぐりこんだ。

「具合でも悪いの」僕も布団の山の上の一枚を文机との合間のスペースに敷く。シーツを広げ、毛布を簞笥《たんす》から取り出す。

「なんだか最近、眠れないんだ」ふうん。鞄を開けて歯ブラシを探したが、慌てて出てきたから忘れたかもしれない。いや、たしかに入れたはずだが。

「飛ぶまでのね」うん。まさか歯ブラシがないといったら、お古を奥の部屋から持ってきたりはしないだろうな。鞄の奥の方をまさぐる。

「助走の長い鳥っているでしょう」ああ、アホウドリとかね。

「あんな感じ」

「なにが」あきらめて鞄を閉じる。

「眠りに落ちるまでが」父はいつのまにか立ち上がっていて、いきなり居間の明かりを消した。真っ暗になり、うろたえた。

ちょっと待ってよ。慌てて文机のあたりを探る。父も長椅子の側の背の高いスタンドをつけたようだ。うっすらと視界が戻り、急いで文机の上のスタンドをつける。

「うちに電話しないの」父は障子の向こうでさっきと同じことを尋ねる。

「もう遅いし、明日するよ」なにか追及されるかと思ったが父はそれ以上は聞いてこない。寝る前の習慣で服を脱いだが、寝巻も持ってこなかった。ジャージをもう一度着てそのまま布団にもぐりこむ。

向こうの部屋で父は最近なんだか眠れなくてな、とまたいった。ふうんと僕は布団の中で返事をした。

「仕事やめて、どう」

「うん。しばらく貯金で食うつもりだよ」

「いや、そうじゃなくて。君のかみさんはなんていってるの」

「『いいんじゃない』っていってくれてる」

「それならよかった」父もそれなりに心配していたのか。意外だった。自分の息子にまっとうな就職が長く続かないことは予想できていたはずだ。それでも息子の結婚相手の心労は気にかけるものらしい。

「なにやってるの。毎日」車でも似たようなことをきいていた気がする。

「立ち読みかな」お金がかからず、かつ無為にならないことを突き詰めていくと結局立ち読みに行き着く。

「なるほど、深いね」と父は唸った。スタンドの弱い明かりの中、父の声がずいぶん近い。狭い家でもないのだから、もっと遠くに敷いたってよさそうなものなのに。

「深くないよ、別に」今度は父がふうんといった。

「小説はどうなの」

「どうって。書いてるよ」僕は舌で歯の付け根の汚れを気にしながら答える。

「いつか、佳作とったっていってたじゃない」

「ん」

「あれ、どうなった」

「あのあと何をみせてもボツばっかり」最近はほかに応募しようと思ってるけど、なかなか書けなくて。僕は愚痴をはいた。書きたいことがなにかも分からなくなっている。やはり父は眠れないのだろうか。長いことしゃべった。

「花ちゃんなんか、君が小説で十億円儲けて皆に買ってあげるプレゼントの一覧表をつくってるよ」花ちゃんというのは義妹だ。

眠れないんだ。また繰り返したが、もっと前から父は少し疲れた、眠れなさそうな顔をしている。いつからだろう。二度目の離婚のころだ。自分のことで疲れるのは、仕方ない。

父がBS放送の番組に出演したことがある。まだ小さい花ちゃんと手をつないで二人、渋谷のNHKスタジオに見学にいった。

カメラマン数名の対談番組で、とても地味な内容だった。有名なタレントも特に出演していなかったし収録そのもののことはあまり覚えていない。

収録が終わるとスタジオのセットは次の番組のために片づけられはじめた。セットには花の活けられた大きな花瓶があった。それを片づけようと持ち上げた女性スタッフに父は

「その花どうするんですか」と尋ねた。

「捨ててしまうんですよ、勿体ないんですけどね」よかったら持って帰りますか、とスタッフがいうと父は

「ください、是非」といった。

花束にしてもらうと、両手を広げてやっと抱えきれるほどの大袈裟《おおげさ》なものになった。

NHKの廊下は暗く人けもなかった。なにを祝われているわけでもないのに巨大な花束をもって先頭を歩く父はなんだか不気味だった。

「そんなにもらって、どうするの」僕が尋ねると振り返った父は（花に覆い隠されて

いたが)

「決まってるじゃないか。飾るんだよ」と重々しい口調でいった。そうしてまた歩き始めた。

そのときになぜだか、普段は考えたこともなかった、父の払いつづけている多額の慰謝料のことや、母のことなどが頭に浮かんで、なんだか胸がしめつけられるような気持ちになった。父の不器用さというか、どうしようもなさが、馬鹿みたいな量の花束を抱える姿に象徴されているように思えて切なくなったのだ。

父のややこしい事情に思いを馳せることは、その後今までもあまりない。

「もう寝ようか」やっと僕はいって文机の上の電気スタンドを消した。枕元に置いた腕時計のボタンを押す。ＥＬバックライトが光る(ＥＬってなんだろう)。もう三時半だ。

「眠れないんだなあ、最近」父はまたいったが、もう十分つきあったろう。父も立ち上がったみたいで、長椅子の側の電気スタンドの明かりが消えた。すべての明かりが消えると待っていたように鳥が啼き始めた。フクロウのような啼き声だが、鳥には詳しくないから分からない。

それでも十時過ぎぐらいにはなんだか目が覚めた。障子をあけるとすぐそばに父が寝ている。またぐように台所にいって、やかんをコンロにかける。昨夜は暗くてみえなかった窓の外がよくみえる。うっそうとした森の気配が真新しいアルミサッシのすぐ先を満たしている。隣の変な形の別荘の、赤い屋根の一部もかすかにみえる。客用の使い捨て歯ブラシがコップに傾いているのをみつけ、これでいいやと手に取った。

歯を磨きながら、父が前日の夜に台所の床に置いた段ボール箱をあけてみる。食パン、魚の缶詰が二つ、小さなアルミホイルの包みが三つ、途中まで使っているバター（銀紙のすきまからバターナイフが刺さって柄が飛び出ている）、魚肉ソーセージが二本、聞いたことのない銘柄のインスタントコーヒーが一瓶、ラベルをみると輸入品のようだ。ラップにくるまれたジャムの瓶が二つ、一つは苺ジャム、もう一つの中身はジャムではなくてサラダ油だった。それとトマトとキュウリと玉ねぎとカップスープの素がある。父は何日滞在するつもりでいるのだろう。

キスチョコのように先をきゅっと絞ってあるアルミホイルの包みを開けるとそれぞれ砂糖と塩と味噌だった。

とりあえず魚肉ソーセージを切ってみる（こんなの食べるの何年ぶりだろう）。生でもいいのだが、フライパンで軽く炒める。

背伸びして、冷蔵庫の上のトースターに食パンをいれた。『四分以内にあわせるときは、五分以上まで回してから戻して下さい』と書いてある。面倒だから五分焼くとにしてダイヤルを回す。中の電熱線がなかなか赤くならないと思ったら、トースターの電源コードはだらりと真下に垂れ下がっていた。先端のプラグをつまみあげると二本のコードが一個の三角タップにつながっている。膝をついて大元のコンセントの差し込み口を探しているところに父が起きてきた。

父はむすっとした顔で床の辺りを指差す。コンセントは食器棚の陰になっていた。タップごと差し込むと冷蔵庫が音を立てて動き出した。段ボールの中の食材をあわてて庫内に移す。

「沸いてる」と父がいった。いつの間にかしゅんしゅん煮立っているやかんをとめる。寝起きが悪いようだ。

「ここではお湯は静かに沸くんだ」父も静かにいった。早く沸くのは標高が高いからだろう。

パンも早く焼ける、ということはなかった。焼ける間にソーセージを平皿に盛りつけ、トマトを切って添えた。父はコーヒーだけ二人分いれて、椅子に座ってぼうっとしている。

キュウリも一本切ってみたらトマトに比べてずいぶん多くなった。こういう分量の加減は普段から料理しているのでないと分からない。

楕円形の六人掛けのテーブルの端の席に向かい合わせに座った。

「いただきます」僕はいった。ティースプーンでジャムを塗り付ける。

「君ね。キュウリ切り過ぎ」父も僕からスプーンを受け取りジャムをすくった。匙《さじ》のへこんだ部分にのったジャムを、ひっくりかえしてパンに落とす。ジャムの残ったスプーンのへこみをパンのへりに押しあてて塗り付けている。

「切ってみないと分からないんだもん」新婚の会話みたいで嫌な感じ。

食事をすませた父はコーヒーカップを持って居間に移った。長椅子に昨夜と同じように寝そべり、傍らの座卓にカップを置く。そうやってすっかりくつろぐ姿勢になったかと思うと、いきなりがばりと起き上がった。突然動いたり、気がつくとぐったりしていたり、動物みたいだ。

「天気予報」と父はいった。

居間の奥に置かれたテレビはリモコンもない旧式のものだ。ブラウン管の縁が丸く、くすんでいる。近づいていって電源をつけてあげると、ちょうど関東・甲信越地方の天気をやっている。

『猛暑はまだまだ続きます』コンピュータグラフィックスの日本列島の上に立った予報士が、白い棒で足下の高気圧を差しながら説明している。

「東京三十四度、横浜三十三度……」

二人でガッツポーズをしていた。柱にかかった温度計をみる。

「二十五度」と告げる。父は侍が悪漢を斬りふせた後の刀を鞘《さや》に戻すような、静かな、しかし感情のこもったガッツポーズをしてみせて

「元西武ライオンズのデストラーデのガッツポーズ」といった。

『この厳しい残暑ですが、あと一週間は続くでしょう』予報士がいうと父は渋い顔で

「あぁ」といった。

「帰りたくない」

いつごろ帰るつもりなの、思わず聞き返す。

「いつ帰ってもいいんだけど」

「僕も」天気予報が終わり、コマーシャルになると

「あの人だれ」と父は画面をまっすぐ指差した。

「広末涼子だよ」

「聞かん名だな」

「昔、クレアラシルでデビューした」

「クレアラシル？」

「曲名じゃないからね」

「……河原崎長一郎かと思った」誰それ。

「駄目だ駄目だ」父は立ち上がり、テレビ台の下から昔のファミコンを取り出した。ねだって買ってもらったものだが、飽きてからは山荘に持ち込まれて父のおもちゃになった。あくびをしながら電源を入れる。チャンネルをあわせ、麻雀ゲームで遊び始める。

さすがに付き合う気にはなれず、一人で散歩に出ることにした。書棚の端にあった付近の地図を広げてみる。

「うちはどこ」父のところまで地図を持っていくと、ポケットから老眼鏡を取り出す。森の別荘地は碁盤状に区画整理されている。角ごとに分譲されたようで、一つの角には一人の姓が記入されている。何条何丁目というのを覚えておけば、迷うことはない。ところが我々の住処だけは一つの角の土地をさらに細かく割って三世帯が住んでいる。地図上では我が家がもっとも小さい。

「家さえありゃいいんだって、余った土地をほかに売っちゃったんだよ」なるほどね。

今回は散策のために靴も新調した。父から電話があったのが昨日の午前十一時だ。これから毎年恒例の『一人避暑』にいくという挨拶の電話だった。

「つれてってよ。今、無職だし。暇だし。手伝うよ、いろいろ」といってみた。

父はぶっきらぼうに「することないよ」というだけだった。しかし来てほしくなさそうな口ぶりでもなかった。午後には自転車で近所の靴流通センターにいった。使い捨てのつもりで、売っている中で二番目に安い千六百円の運動靴を買った。

千六百円にしてはちゃんとしていると思っていたが、舗装されていない道の砂利や枯れ木の凹凸の上を歩いてみると、靴底がぞんざいにとりつけられているのが実感できる。足の裏が靴底をちゃんと踏んでいない。靴箱とビニール袋を玄関に広げっぱなしで来たので、妻は腹を立てるだろう。帰宅していれば。

山荘に戻ると小さな布団が、物干しとテラスの柵に干してあった。押入にしまい込んであった分も全て干してある。手伝うよ、といった手前もある。午後は薪割りをするといっていたからぜひとも手伝わなくてはいけない。

そんなことを考えながらテラスに置かれたビーチ用の椅子に仰向けに寝そべる。わずかに木漏れ日が射し込んできて、あちこちに広げられたせんべい布団さえ視界に入らなければ、いかにも避暑らしいひとときではないか。

目を閉じるとしかし思い出されたのは預金通帳の残高のことだった。あと二ヶ月もしたら、なにか仕事をみつけないといけないだろう。次に思ったのは妻のことだ。今夜は帰宅しているだろうか。またあの男と会っているのか。

それよりも薪割りだ。経済活動からも夫婦生活からもドロップアウトしてしまうならば、せめて薪ぐらいは割れるようになろう。「七人の侍」に出てきた人みたいにスコーンと割りたい。薪でも割れるぐらいにならないと、これから先、一生あらゆることに自信がもてないかもしれない。軽井沢でも、涼しくても蟬はいるんだな、朝霞よりも多いぐらいだ。昨夜ついたときに暗闇で聞いたのは秋の虫の鳴き声だったが……。

散歩をせがむミロの鋭い声が響くまで眠り続けた。時計をみる。午後三時だ。父はどこでなにをしているのか。車は停まっているから出かけているわけではない。

ミロは啼き続けている。鋭く威嚇するような咆哮《ほうこう》と、哀愁のこもったすすり泣くような声を繰り返すのを無視しながら草のぼうぼう茂った家の周囲をまくようにして裏に行くと、父は風呂場の外で薪を作っていた。大きな切り株の平らな面に木を置いて、斧《おの》を振り下ろす。がっと鈍い音がして斧の刃がざっくりと食い込んでいる。斧を持ち上げると、木がささったまま持ち上がる。

もう一度振り下ろすと、木は綺麗に割れた。

「いってよ、もう」いいながら近づくと、父は無言で家の壁に立て掛けてある鋸《のこぎり》を指した。そして切り終えた枝をビニールの紐で束ね始める。もう太いものは終わったらしく、細めのものを任される。鋸を握るのも久しぶりだ。

「五十センチぐらいに」父はいった。

「五十センチね」僕は切り出された長い木を切り株にのせ、足で踏んで固定する。

「五十センチぐらい」父は、ぐらいを強調した。

「五十センチちょうどずつ切っていくと、絶対に失敗するから」

「なんで」父は薪を抱えて、やってみれば分かるというと表にいってしまった。それから陽がくれるまでひたすら木を切った。涼しかったが身体中から汗がふきでた。いつになく充実感を感じる。

一本の木を五十センチずつ切っていくと、最後が三十センチとか二十センチになってしまうのだということにだんだん気付いていった。そうすると束ねるときにとても不揃いで持ち運びしづらくなる。

「最初から四十から六十センチぐらいのつもりで。気持ちに幅を」父は戻ってきてそういうと、薪は僕に任せて、ミロの散歩にでかけた。

こういう仕事は向いている。いくらでも出来る。腕が疲れてきてもむきになって鋸をひいた。

『気持ちに幅を』か、なにやら含蓄のある言葉に聞こえる。汗が眼鏡の蔓をつたう。腰をのばして額の汗をぬぐうと、いかにも山荘生活しているような気持ちになってきた。

束ねた薪を風呂場の脇の軒下に積み上げて部屋に戻ると汗はすぐに冷えた。再びジャージの男となって、台所のテーブルでコーヒーを飲んでいると居間で電話が鳴った。電話のベルも五年前と変わっている。涼しげな電子音。

日の射し込まない居間はもう薄暗く、電話の場所が分からない。書棚の前に電話台があるのだが、台の上には国語辞典が置かれているだけだ。電話線の出ている場所は同じだろうと目で追っていくとコードは長椅子の側の座卓の下に伸びている。かがんで覗き込むと少し前によくみた平たいプッシュホン。受話器をあげる。もしもし。

「やっぱり」妻の声が響く。

「ここだろうと思ったんだ」浜辺の石をひっくり返して蟹をみつけたというような声。

「ばれたか」トゲのない会話。仲がいいわけではない。悪し様に罵ったり、言い返されたりを長い間繰り返しているうちに疲弊して、やりとりが面倒になっているのだ。

「どうそっち涼しい?」まあね。居間に正座して、右手で座卓の下から電話機を取り出して膝に載せ、そのままの姿勢でテラスの方をみやる。まだしばらく父の帰ってくる気配はない。布団を取り込まなければ。

「親父が心配してるからさ、夜にもう一度電話くれない?」でも私、今日遅いよ。「またあいつと会うのか」違うよ、仕事だよ。途端にうんざりした声に変わる。仕事とかいって、あいつと会うことは会うんだろうと言いかけたが、口をつぐむ。最近、将棋のルールを会得したように、お互いに会話の先を読んで、手詰まりになりそうな展開を回避している。

「じゃあ」とだけいって電話を切る。あいつ、というのは妻の職場の先輩だから、仕事といわれても安堵するはずがない。受話器を置いて、正座をやめて立ち上がる。電話機をもとの電話台に戻し、台に置かれていた国語辞典を取り替えるように手に取る。

三省堂の新明解の第二版。少し前に「新解さん」がブームになったっけ、と箱から出してみると付箋《ふせん》が貼ってあった。

めくると「ジレンマ」の項目が鉛筆で囲ってある。削っていない、太い鉛筆の線だ。

ジレンマ……〔大学紛争の時に〕学生の追及に終始だんまりを決め、現職にとどまっていると無能ぶりを発揮したことになる。また、やめれば、自らの無能ぶりを認めたことになる。〔以上、大前提〕自分はやめるかやめないかのいずれしかない。〔小前提〕ゆえに自分は、どちらにしても無能だ。〔帰結〕とするような物の考え方。両刀論法。

「なにこれ」一人ごちた。その後には「以上の考え方に従えば、開き直ってやめない方が得だということになる。」と続いている（そんなアドバイス聞いてないよ）。ふっと声をあげて笑う。

「ふとーん」父の間延びした声が外からかかる。散歩から戻ったらしい。格子戸を開けて居間からテラスに出る。汚れたスリッパを履いて、布団を受け取る。小さいのに、なんという重さだろう。

夜は風呂を焚いた。山荘の風呂は五右衛門風呂だ。これも祖母の「もったいない」がきっかけだった。祖母は風呂釜を拾ったのだ。

まさか祖母が歩いて持ってくるわけがないから、どこかに放置されているのをみつけて、父を引き取りにやらせたのだろう。銅製の風呂釜を磨くのを手伝った記憶がある。布でこするとぴかぴかになるのが面白かったのだ。

父は当時乗っていた軽自動車の屋根に風呂釜をサーフボードのようにくくりつけて山荘まで運んだ。ジャズ喫茶をやっていた友人と協力してブロックをセメントで塗り固めて風呂を作った。あのとき僕は何歳だったのだろう。父がブロックにコテでセメントを塗り付けているのを飽きずに眺めつづけた記憶もある。

五右衛門風呂は素人が作ったとは思えないぐらい上手にできている。すのこが浮き上がらないように漬物石で風呂の底に固定してある。お湯は熱すぎるぐらいだが、水道の水が冷たいので、足しすぎるとすぐにぬるくなる。

漬物石のせいで浴槽は狭い。体を屈めるようにしてじっと熱い湯に浸かる。昼間の鋸挽きの疲れが綺麗に抜けていくようだった。足の先が一、二カ所だけ虻《あぶ》にかまれるように痛く感じるのはなぜだろう。

湯をうめることも動くこともせずにじっとしていると、妻のことも貯金のことも、あるいはまた楽しい想像や淫靡《いんび》な妄想も、なにも考えなくなっていく。のぼせる寸前にあがった。ビールがないのが少し悔やまれる。

風呂からあがると父はまた和室と居間に一組ずつ布団を敷いていた。奥の和室に入ろうとすると

「いつもこんな時間まで働いてるの」父は妻のことをきいてきた。

「そうだよ、忙しいんだから」昼間電話しといたから、と付け加える。本当に仕事ならば、ちょうど今ぐらいの時間には終わるはずだから、電話があってもいいのだが。

「そう」

父は踏み込んではこなかった。僕がなにか語り出すのを予感して待っているのかもしれなかった。

これから長い夜を幾晩か過ごすうちに、僕はすでに破綻している結婚生活についてあらいざらい話してしまうような気がした。彼女の突然の心変わりについて（大前提）。相手の男性とあまりうまくいっていないらしい今でも、その男の子供を産みたいと思っているということについて（小前提）。僕が別れる気持ちにも、やり直すつもりにもなれないでいることについて（自分はどちらにしても無能だ）。

周囲に対しては仲のいいふりをしつづけている。父に話すことがいけないことではないが、なんとなく、誰かに打ち明けたらもう本当に自分の守りたいものが崩壊してしまうような気がする。自分の守りたいものとはなにか。つまらない外聞なんだろう。

それでも話したら楽になるような気もした。タオルを投げてもらうことを心の奥で望んでいる弱小のボクサーのようなものだろうか。

その夜は湯冷めしないように、布団を昨夜よりも多めにかけた。東京は三十四度といっていたことを思い出す。歯を磨くのを忘れた。舌で歯のざらざらを触りながら眠ろうとしていると

「カルヴィーノを読んでたらさ」と、また居間で寝ている父が声をかけてきた。僕は天井をみながらうんうんと相槌をうつ。カルヴィーノって誰だろうと思いながら。

それから父はいろんな作家の名や作品を挙げては様々に論じ始めた。話が乗ってくるにつれて、あの作家は駄目だ、この作品はまるでなってないと言い出した。駄目出しが強いのは団塊の世代に特有の感じだ、と思いながら相槌をうっていると

「すごーくね。腹をたてている、なんかこう、難解な女の子がいてね」突然話が変わった。

「その子に手を焼いているお兄さんのような存在の人と、その人のガールフレンドみたいな、よくできた女性とがいてね」

「ふんふん」どこの家の話だろう。

「これは漫画なんだけどね、大島弓子の」ああ。

「いかにも大島弓子の漫画だね」

「その女の子が嫉妬だかなんだかよく分からないけど、二人の前でパンを焼くの」

「はあ」

昔の布団だから、丈がとても短い。まっすぐ伸ばすと足がはみ出るので、なんとなく足をまげている。卓上スタンドの明かりで部屋には膝の影が山になっている。障子の向こうで語る父も、同じ格好をしているのではないかと思う。

「で、パンを焼きながら早口でいうの。『トーストって食べるとき、バターを塗ってから焼く？　それとも焼いてから塗る？　私は焼いてから塗るわバター』って」

「うんうん」

「セリフというのは、かくあるべきだよね」

「うん」それで？　というと身も蓋もなくなる。とにかく父は、僕の小説のヒントになることを前夜から考えつづけてくれていたらしい。

翌日、起きてすぐにやかんに湯を沸かし、残りのパンをトースターで焼いていると、どこかから声をかけられる。アルミサッシの窓の向こうに女性がたっている。遠山さんだ。

「こんにちは」玄関の扉を開けると、遠山さんはテラスの手前までやってきて立ち止まった。

「どうぞ」あがってくださいというつもりで声をかけたが遠山さんは立ち止まったまま「久しぶりね」といって薄く笑った。遠山さんはこの近所に一年通して住んでいる作詞家だ。名は知られていないが、誰もが口ずさむことの出来るテレビアニメの主題歌をいくつか手がけている。たしか七十歳ときいたが、もっと若く感じられる。

「奥さんはいらしてるの」

「ああ、忙しいって。今回は僕一人で」

「お父さんは」

「父はまだ寝ていて」といいながらテラスまで出ていくと、本を差し出された。遠山さんのエッセイ集だ。奥付をみると九月発売とある。

「来月には本屋さんにならぶの」

「わざわざどうも」受け取り、どうぞあがってくださいと繰り返したが遠山さんはそうしようとはしなかった。

「こちらには、いつまでいらっしゃるの」

「多分、三、四日はいると思うんですけど」決めてないんです。

「そう、じゃあ一度遊びにいらしてね」ありがとうございます。五年前にもおよばれしていったが、とにかくうまい料理ばかり出てきたのを覚えている。

遠山さんと入れ替わるように父が起きてきた。本を手渡して説明すると、そのまま長椅子に寝転がって老眼鏡をかけた。そして本をめくりはじめる。傍らの背の高い電気スタンドに手をのばし、紐を引っ張るが明かりがつかない。電球が切れているのか、もう一度引っ張るとついた。

「飯は、どうするか」あんまり抑揚がなかったので、エッセイに書かれているのを棒読みしているのかと思った。

「とりあえずパンを食べて、買い出しにいこう」

「ん」昨夜で食材はかなり減った。キュウリばかり余って主食がない。このあたりで買い物といえばダイマルという店しかない。

「いくか」立ち上がる父は相変わらず眠そうだ。

車をのろのろと発進させ、家を出たばかりのところで一度車を停めて父は「蛇、蛇」といった。みると、ずいぶん大きな蛇が前方の道を横切っていた。未舗装の道に車のタイヤの轍とは別に我々には分からない溝があって、蛇はそれをなぞっているかのように動いた。

「大きいね」

蛇が横断すると父は車を再び発進させ、しばらくいくと舗装された道に抜けた。ダイマルの広い駐車場には、夏休みの終盤まで当地で粘ろうとする人たちのバンやRV車がまだまだたくさん駐車していた。

はじめに発泡酒を選ぶ。つづいてトマトとドレッシングをカゴに入れた。残っているキュウリとあわせてサラダを作ろうということになったのだ。それからベーコンと豚の細切れを、カレーのルーを、再び野菜コーナーで玉ねぎとにんじん、卵、父は下戸の甘党なので夜食にビスケット。紅茶も飲みたくなるかもしれない。父はまた魚肉ソーセージをカゴにいれた。よほど好きなのか。

男二人でカートを押しているのは我々のほかにはいなかった。ジャージを脱いできてよかった。思いつくまま移動したので忙しいことこのうえない。最初からリストにしておくべきだった。

出口のところで父は今川焼きを買った。クリームではなくて餡だろうと思って手渡されたのをかじったら、やはり餡だった。父の場合餡が好きというよりは、餡以外の選択というのが有り得ない感じだ。久しぶりに餡を口にする気がする。これもまた世代を分かつキーワードの一つだと思いながら車に乗り込む。

買い物から戻ると父はまず魚肉ソーセージを炒めはじめた。そればっかりかいと思ったら鍋にざらざら盛ったドッグフードの上にあけて、さい箸と一緒に僕に手渡す。「よく混ぜて」といわれ、さい箸でかき回す。ミロのいるテラスに置いた。「ドッグフードまずいらしくて、ああいうのを混ぜてやらないと食わないんだ」ソフトサラダせんべいのときは不憫と感じたのが、急にぜいたくな犬に思えてきた。ミロは鍋に顔をつっこんではくはくと咀嚼《そしゃく》している。

晩飯を食べ、父の入浴中に家に電話してみたが不在だった。嫉妬で心の中が黒く満たされていく。留守番電話にふきこめば、カーテンの閉じていない部屋に朝までずっと電話のランプが赤く点滅していることになる。想像しただけで嫌な気持ちになり、切ってしまう。

湯上がりの父はどこから引っ張ってきたか、昨夜と違う囚人みたいな寝巻に着替えていた。僕は今夜も桶谷小のジャージで寝るつもりだ。

薄暗いトイレの前で服を脱ぎながら、真っ暗な朝霞の部屋が思い浮かぶ。留守電のランプを点滅させようとさせまいと、今あそこに広がるのは間違いなく寂しいだけの景色だ。早く湯に浸かって、もろもろを考えない人になろう。熱いのを承知で浴槽にどぼんと入る。

例によって底の漬物石に遠慮するように膝をかかえてうずくまっていると、また足の裏が虫にかまれるように痛痒くなる。

分かった。釘だ。

すのこに打ち込まれた釘の芽が下の熱を伝えているんだな。そう気付いて足の位置を少しずつずらしているうちに、かすかな痛みやそれを避ける動作の滑稽さを感じることとは別に悲しくなってきた。昨夜はなにも考えなかったのに。

こんなところで俺はなにをやっているのだろう、というようなことでもなくて、歩いていたらいつの間にか森だった、みたいに風呂に浸かっていたらいつのまにか悲しいのだった。

悲しいがのぼせそうなのであがった。そういえば悲しみのただ中にいても、我に返るときがある。悲しみにのぼせるのだ。じめっとしたバスタオルで身体をふいていたら電話が鳴った。妻だった。内心僕はほっとしていた。

「元気?」彼女の口調は屈託がない。

「うん」

「今日はめちゃくちゃ暑いよ」いいながら、なにかを飲み干す音が聞こえる。からんという氷の音も聞こえる。忘れかけていた熱気が思い出される。

「こっちは今二十度だよ」

「二十度って気温じゃないよね」

「気温だよ」

「ゆるせん」妻は劇画めいた声を出した。こっちは三十六度だったとつづける。僕は得意になった。

「肌寒いから長袖のジャージ着てる。小豆色の上下。二本線が入ってて」

「うわ。だっさー」とはたして妻はいった。それから彼女はいつもそうするように職場の愚痴を語り始めた。僕は明るい口調で相槌をうった。父は長椅子に寝そべって本を読んでいる。

「小説書いてる？」彼女はせめて僕が『ジコジツゲン』することを強く望んでいた。そうならないと彼女自身やりきれない気持ちなのだという。いわれてもあまり嬉しくない。自己実現してほしいというのと、自分たちの恋愛に干渉しないような、どこか知らない遠くの国にでもいってほしいというのが、ほとんど同義に思えて仕方ない。

「全然。でも薪割りしたよ」

「七人の侍の人みたく？」そういえばあの映画は二人でみた。ビデオなのに「休憩」の文字が出たところでお茶を呑んだ。

「鋸だけどね。散歩もして」

「私が身を粉にして働いているときに、別荘暮らしを満喫、というわけか」妻は笑った。

「そうだよ。充実をしにきたんだもの」向こうで父は妻の声が聞こえないのに笑っている。

「充実してるのかあ」

「ちがうよ。『充実』をしてるんだよ」自分でも何を力説しているのかよく分からない。湯冷めする前に僕も発泡酒を飲みたい。

「あなたは？　もう一度直訴したの」決して困らせたいのではなく、軽い気持ちで聞いてしまった。

「なにを？」尋ねてから、すぐに子供のことだと気付いたようだった。電話の向こうの妻が消沈していく気配が伝わってくる。妻の好きになった男は、自分が口説き始めたのに、妻が本気になればなるほど冷めていってしまったらしい。最後は迷惑はかけないから子供を産ませてくれと頼まれて完全に『ひいてしまった』のだ。

ひくのは当然かもしれないが、それを聞いたとき僕は、なんだつまらない、と思った。結局、ただのよくあるだらだらした不倫に落ち着くのかと思ったら余計に腹立たしくなった。つまらないことに巻き込まれるなら、破天荒なドラマに巻き込まれる方がまだ幾分ましに思える。

「なんとかならないの？」僕は荒《すさ》んでいるのだろうか。

「ならないんですよ」妻はため息をついた。ここで〝手詰まり〟のようだ。

電話を切るとすぐに父の様子を窺《うかが》った。どうやら怪しまれてはいないみたいだ。父は立ち上がり台所に行ったので入れ替わるように長椅子に寝転んだ。そして昔は茅葺きだったという天井を見上げた。

照明が二カ所から吊り下がっている。電気のかさは子供のころのものと同じだ。それ自体はまぶしいくらいなのに、その上の天井が照明に勝る暗さを「発して」いるようだった。天井だけではない、柱も焦がしたみたいに黒ずんでいる。壁にかけられた肖像画は子供のころは恐ろしくてみていられなかった。大人になって平気になった（そのかわりに子供のころは怖くなかったいろんなことがどんどん怖くなってくるのだ）。祖母の肖像だ。戦争は起きないけど、祖母の集めたジャージを着て、布団で寝ている。拝むような気持ちでしばし眺める。

顔を横に向けると開け放たれたガラスの引き戸の向こうで父の動く姿がみえる。父はお湯を沸かしながら、テーブルの上の食べ残したサラダにラップをかけたりしていた。食べかけのプリングルズの蓋を探しているようだが見渡してもないので諦めたようだ。缶の上にラップしようとして失敗している。……僕は手伝いで来ているのではなかったか。

しかし長椅子の寝心地はあまりによすぎた。まもなく父がコーヒーとアルフォートを居間にもってきてくれた。もう発泡酒を飲む気はしなかったからちょうどいい。

「花輪和一の刑務所漫画にもアルフォート出てきたね」

「出てきた出てきた」

「食べられなかった仲間の受刑者たちが『どうだった?』っていっせいに尋ねるときの顔が小鳥になってて、ピヨピヨいってるやつね」僕も、多分父も漫画に出てきた囚人のような気持ちになって、小袋を大事そうに破った。僕も父もたくさんかすをこぼした。

床に就いてのち、父は話しかけては来なかった。かわりにファミコンの麻雀の続きをする音が聞こえた。

翌日の朝にまた遠山さんがきた。灰色の帽子とウィンドブレーカーで、茸狩りの人みたいな格好をしている。

僕は寝たときのまま、つまりジャージのままだったのですっかり恐縮した。歯磨き

の泡を口からこぼした跡をみられないように手で押さえて
「すみませんこんな格好で」といいながら出迎える。
「あら。小学校のね。よくそんな大きいのあったわね」といわれて初めて、そういえばそうだと思った。身長百七十五センチの小学生。最近の子は発育もいいし、いないこともないだろうけど、ジャージが余るのも無理はない。遠山さんはまたしても中には入ろうとしない。肩掛け鞄からカメラを出して
「壊れちゃったの。みてもらえる」といった。遅れてテラスに出てきた父は受け取ると
「こういうのは大抵シャッターですね」と簡単にいって遠山さんに返した。
「なおせる？」
「道具をもってきてないんですよ、分解する」父は親指と人差し指をひねる動作をしてみせた。ドライバーのつもりだろうか。父は山荘にカメラ関係のものを持ち込んだことがない。部屋に写真の一枚も飾らない。
「地元のカメラ屋さんは頼りにならない感じなのよ」遠山さんは困ったときの言葉も困った風に聞こえない。
「預かって、東京で直して送り返してもいいですよ」というと遠山さんは助かるわ、

すみませんけど、といって

「あとこれ。農場の人がね。たくさん届けてくれたのでおすそわけ」僕は遠山さんからカメラとビニール袋を受け取った。中を覗くとトマトだった。

「トマトとね、あとゴーヤー」といった。ゴーヤーは二つで、あとは全部トマトだ。

二人で袋を覗き込んでいると遠山さんは

「あなたたち親子じゃないみたいよねえ」という。

「友達みたいっていうのではなくて、漫才っていうのでもなくて、とにかく変よね、変」父は、今俺たちなにか変なやりとりしたっけといいたげな表情で僕をみたが遠山さんは

「ミロはいまおいくつ？」と話題をかえた。

「十歳です」というと、もう歳だわねといってちょっと笑った。父もジャージを着ているのに目をとめて、ふと思い出したように「ふもとの街の小学校、校舎が取り壊されるんですって」まるで我々がそこに通う現役の小学生で、大変ねというような調子でつづけた。ふもとといってもここからは車で一時間ぐらいかかるだろう。ダムの建設が決まり、近在の住民がすべて高地に移住する予定だという噂《うわさ》は聞いていたがそこまで具体化していたのか。

「もう高台の新校舎に移って、あれは使われないらしいのよ。でも今度の日曜に校舎のお別れ会があって、私もあいさつするの。二人もくるといいわ」どうぞあがってくださいと今度は二人でいってみたのだが、いやあと首をふってそのまま道に戻っていってしまう。父と二人、表まで出て見送った。遠山さんは小柄な体で水たまりをよけて歩いていく。うちの近くがとりわけ水たまりが多い。歩いて帰る人を見送るのは車で帰る人を見送るのよりもなんだか所在ない。

「遠慮深いよね、遠山さん」汚い家だから入りたくない、という感じではなさそうだった。

「遠慮深いって感じかなあ」父は首をひねる。

「遠慮深くないとでも」

「いや、無遠慮とか、そういうことではなくてさ」と小声になり、急に

「魔女なんじゃないか、あの人」といいだした。家にあがるとなにかの魔法が解けて正体がばれる。それを禁忌している、そんな断り方だと。笑って取り合わずに玄関に戻る。

「混ぜなかったね、昨日」テラスまで戻ると父はミロの鍋をのぞきこんで不機嫌そうにいう。

「混ぜたよ」

「いいや」少ししか混ぜないと、魚肉ソーセージだけ選んで食べて、あと残してしまうという。

「ミロ、ばか、ちゃんと食え」父は足先で寝ているミロの口元に鍋を押しやる。ミロは立ち上がってしっぽをふった。人が近づけばいつでも散歩と思うのだ。

父は居間に戻り、遠山さんのカメラを座卓に置いた。そして鞄から手帳を取り出しなにか書き付けた。きっと「遠山さん・カメラ修理」とでも記したのだろう。

ミロの散歩に出る。「ハスキーは頭が悪い」とはよく聞くが、ミロは他のハスキーに比べても特に頭が悪そうだ。猛進タイプである。他の犬をみつけたらなりふりかまわず追いかけ始めるし、興が乗って穴を掘り出したらやめるということを知らない。道を渡るときにも注意を払うことがないのでこちらが気をつけていないと真っ先に車にひかれてしまうだろう。

しばらく道を決めずに歩く。森の中の別荘地が碁盤状になっていることは既に地図で確認した。ところどころにある表札の番地を確認さえしていれば道に迷うことはない。

そういえば妻が一度だけミロの散歩をしたことがある。

立川の家に結婚の挨拶に出向いたときだ。人なつこい妻はすぐに家人ともうち解けた。ミロを一目見て気に入り、散歩をしてみたいと言い出した。「大丈夫大丈夫」と安請け合いするので任せたが、妻は紐を引っ張り返して犬を御するということをしないので、ミロに引っ張られるまま駆け足で、どこまでものすごい勢いで進んでいった。

「ちょっちょっちょっちょっ」とあまり深刻そうでない声を小刻みにあげながら、気付けば二つ先の信号まで背中が小さくなっていた。あわてて追いかけていって交代した。あんなふうに散歩していたら命がいくつあっても足りないとそのときは思った。だが、御することをしないというのは犬の紐に関してだけだったのだろうか。

森を抜け、ダイマルにつづく舗装道路を、さらに横断してみる。横断すると再び森の中。しばらく進むと砂利道に出て、突然ぽっかりと景色がひらけた。

それは広大なレタス畑だった。

遠くに国道が走り、送電塔と山がみえる。このへんの山々に詳しくないが、一番大きくそびえているのが浅間山だろう。

木漏れ日といえば格好いいが、要するにうっそうとした暗い森ばかり歩いてきたので、立ち止まって眼前の開けた景色をしばらく眺めた。畑は田んぼの畦《あぜ》のように小さな道でところどころ区切られて、レタス畑は遠くで別の作物に変わっている。トウモロコシだけは分かるがずっと遠くの、ネットで覆われたのは見当もつかない。ずいぶん背が高いようだが。

しばらくすると、砂利道の向こうから自転車を漕いでやってくる人がいる。遠くてよくみえないが、スカートをはいているから女だと知れる。

こちらに来るかと思ったら、途中の、レタス畑の真ん中を縦に割るように設けられた細い道を折れた。ずいぶん遠くまで進む。畑の真ん中あたりで女は止まった。自転車を降り、スタンドをおこし、おもむろに片手をあげた。びくっとしたが、こっちをみているわけではないから僕に合図しているのではないようだ。

途端に風がふいた。スカートが揺れる。

女の動作と連動しているわけではないだろうが、斜め前方に突き出した腕には、なにか決然とした意志を感じる。ハイル・ヒットラー。まさか。自転車が背後で畑の中に倒れたのにも構わず、手を伸ばしている。その動作よりも、手を伸ばすのをやめた女が倒れた自転車を起こし、もときた小道をまっすぐ引き返したことに驚いた。用事はそれだけ、という風に。

砂利道に戻ると女は今度はこちらに来た。若い、女の子だ。ミロが飛び付かないよう、紐をぐっと押さえる。

こんにちは。通り過ぎるときに女の子は小声でいった。えっという声も出ないうちに、女の子は立ち漕ぎになっていた。砂利道をどんどん遠ざかっていく。風はふき続けている。美少女だった。ほんのわずかな時間に、大きな黒雲が低い空を満たし始めている。日も落ちてきた。ミロが急《せ》かすように吠えて紐を引っ張り、再び森に戻る。

ものすごい美少女だった。挨拶を返しそびれた。雨が降ってきた。森の雨は音が先行する。ざーっという大雨の音だけが響く中、葉にさえぎられて水の落下がぽつぽつと始まる。

家に着くと父がさい箸で鍋をくどいぐらいにかき混ぜていた。

「そういえば、雨漏りしないの」

「改築してからは、まだ漏らない」父はテラスに鍋を置き、部屋に戻って炊飯ジャーのスイッチをいれた。それからテーブルについて遠山さんの本を読んだ。

雨は一晩降り続けた。

電話のベルで目覚める。向こうで父が受けている。

「岡田君が近くに来るって」といわれたが、誰のことか思い出せない。同業者か、あるいは昔からの友達の一人か。子供のころ、避暑に泊まりにやってきていた父の友人は大勢いたのだ。幾晩でも夜更かしをして、ファミコンではない、本物の麻雀をしていた。今思えば煙草と少し違う、あやしげな煙を居間中に漂わせていたような気がする。

昨日と変わらぬ食事をすませ、ワゴンに乗り込む。ふもとの駅まで迎えにいくという。

「あいつが電車で来るなんて、免停にでもなったかな」父はぶつぶついっている。「岡田君って誰だっけ」ミロを荷台に乗せ、紐を手すりにくくりつける。置いていくと吠えつづけるのだ。

「覚えてないか」父は前を向いたままエンジンをかける。

家のすぐ側にまだ残る大きな水たまりにざぶんと車体をいれ、ゆっくりと動き出す。「ぬかるんでいたら嫌だな」ダイマルに向かうのとは別の道を通った。すると昨日のレタス畑の脇の砂利道に出る。浅間が遠くで雲をかぶっているのを横目に走る。ふもとは暑そうだな。父はそっけなくいった。レタス畑の真ん中でみた女のことをいってみようかと思うが、やめる。

車は広い畑の周囲に沿うようにすすむ。あの背の高いのはなに。青いネットに覆われた一帯に差し掛かったので尋ねると「稗《ひえ》だよ、稗」といって、不意に笑い出した。「いや、あそこの農家、俺知ってるんだけどさ。農業オタクだね、あれは」作付けのうちの何割かは儲けを度外視して、いろいろな作物を試しており、今年は稗なのだそうだ。

「雀よけのネットを注文したら、あんな広い面積を覆うネットなんかありませんっていわれて、それでも特注で作らせたら、雀の体長より穴がほんの少しでかくてさ」あはは、それはまずい。畑の広さと、覆うネットの巨大さを横目にみる。

「作り直したから儲けなんか出ないって。そういうことを、実に嬉しそうに話すんだ、あれはオタクだね」父がオタクというのは褒め言葉だ。

「そうだ。ジャズ喫茶の、ほら、五右衛門風呂を作った人」と畑を通り過ぎると父は思いついたようにいう。

「え、ああ」今から迎えにいく岡田さんのことか。「ジャズ喫茶の人」と覚えているけどジャズ喫茶がどんなものかなんて、そのころ知らなかった。僕に麻雀の積み込みを教えてくれた。

　早めに出たせいもあるが道が思った以上にすいており、岡田さんの電車の到着時刻より一時間も早く着いてしまった。駅前のだだっ広い駐車場に降り立つ。

　五年前に遊びに来たときにみた駅舎は相変わらず閑散としていたが、周囲の景色は変わっていた。駐車場の側の崖はコンクリートで塗り固められ、ならされて整然とした段々になっている。崖の一番上に、やはりパワーショベルやブルドーザーが動いている。遠くで動く建機はおもちゃのように軽くみえる。特に感想を口にせずその様子をみあげる。

「暑いね」僕はジャージを脱いだ。忘れかけていた夏の日射し。父は駐車場脇の地図の前で立ち止まりしばらく眺めていたが
「小学校いってみるか」といった。遠山さんのいっていた小学校の校舎か。地図に「㊖」のマークはその一つしか記されていない。

　これから岡田さんが乗ってくる路線の線路脇を走る。トンネルをくぐり、古い看板の商店が並ぶ町並みをくぐりぬけながら、これが全てダムに沈むことに気付く。三叉路を山の方に曲がると夏の日射しが正面から差し込むようになり、父はエアコンのスイッチを「強」にあわせた。

　小学校は坂の途中にあった。校庭の端に車を停める。木造の校舎は横に長く、中央が三角屋根になっている。三角の頂点の下に時計があって、あたかも大勢の心にある、

昔ながらの小学校を再現してみせたようだった。

　校庭をまっすぐゆくと、わずかに土の盛り上がったところにさしかかる。ピッチャーマウンドだ。木のプレートに立ってみる。近いなあ、バッターボックス。こんなに近かったっけ。

「体が大きくなったからじゃないの」そうかな。校庭隅のバックネットも小さくみえる。校庭そのものがミニチュアサイズなのではないか。父もジャージを脱いで手に持った。

　入口の奥に下駄箱とすのこがみえる。

「これが全部沈むんだねえ」しみじみした声を出したつもりが、少し楽しそうにいってしまった。客用のスリッパが並べてあるので一応はきかえていると、薄暗い廊下から男がぬっと現れた。上下ともジャージを着ている。体育教師風。本物のジャージの人だ。我々と違い、ジャージが板に付いている感じ。我々はうろたえた。たしか移築して、廃校になったのではなかったか。

「卒業生の方ですか」廊下からまた一人現れる。今度は背の低い女。いちいち「小学校にいる先生のような」風貌で出てくる。

「いえ、全然ちがうんですけど」力強く否定してしまう。

「廃校だときいていたので、見学しようかと」

「新校舎はとっくに出来ているんですがね、荷物の移送がまだでして。今度お別れ会をやるんです」

下駄箱の上に昔銭湯でみたような巨大な日めくりがかかっている。今日は三十一日か。小学校の夏休み最後の日だ。もしきていたのが明日だったら、小学生に囲まれていたかもしれない。

女教師が持ってきた大学ノートに名前を書き入れると見学の許可はあっさりおりた。

「車、変なところに停めてすみません」父は指で背後を差していった。

「いいですよ」二人の教師は右手すぐの職員室に戻っていった。二人並んで足を踏み入れる。玄関から左右に伸びる廊下はどこまでも長い。

「廊下を走るなっていいたくなるね」父は外と同じ調子でぶらぶら歩き出した。

「走りたくもなる」僕も後に続く。職員室のドアは開け放たれていて、何人かが机に向かっている。職員室の脇は水飲み場。どの蛇口も上をむいている。アルミのコップと、赤い網袋に入った石鹼。

廊下の右手は教室で、ドアの上のプレートに「視聴覚室」「音楽室」などとある。左手は窓で、一応アルミサッシになっている。窓の向こうには低木が並び、そのすぐ向こうは山の斜面らしい。窓の上には卒業生の写真が並んでいる。平成の卒業生から昭和の卒業生になるが、どの写真も二十名ぐらいしかいない。皆やはり本当のジャージを着ている。男の子は紺色や黒。女の子は赤かピンク。

「赤パチパチだ」中の女の子の一人を指して父がいう。

「赤パチパチ」聞いたことのない言葉だが、いわんとすることは分かる。

「林檎《りんご》ホッペっていわない？」たしかにこんな赤くて丸い頬の子供を最近はみかけない。赤パチパチだよ、林檎ホッペだよ、言い合いながらゆっくりと移動する。写真はカラーから白黒になり、ジャージが制服になったりして、頬の色も分からなくなり、だんだん褪《あ》せて古ぼけていくが、全員が緊張した顔なのは変わらない。

窓と窓との間の壁にはフックがつけられている。画用紙の絵のかかっているところもある。子供の絵はほとんど下手くそだが、たまにおっというのもある。画用紙の下に小さな名札が貼り付けられているが、湿気で丸くなっていて名前が読めない。

プレートになにも記されていない部屋の前の壁には文房具の値段表が貼られている。購買部らしい。マジックで模造紙に手書きされたものだ。新校舎に移って新学期を迎えてからも売られるのだろう。

「分度器８０円」「シャープペンの芯２００円」「折り紙１００円」と並ぶ中には「ポ

ストイット」「修正テープ」など今風のものも混じっている。

父が模造紙に書かれた値段を一つ一つ確認している間に先に進んで廊下の端までいってみた。跳び箱や汚れたマットや体育用具の置かれた部屋の奥はまた水飲み場。振り向くと父が壁の紙をみあげている様が遠くにみえた。大きな窓から日の光が差し込み、父の足元も照らされているのをみたとき、今みている景色が沈んでしまうことが信じられないという気持ちと、もうこれらがすでに本当は沈んでしまっているものなのではないかという気持ちが同時に湧き起こっていた。

廊下の一番奥は「給食室」だった。この壁にも模造紙が貼り付けてある。紙の上にさらに丸い色紙を貼り付けて給食当番の割り当てを示している。丸い紙には六人の名前が書かれている。中心を画鋲《がびょう》で留めて、くるくる回して担当者を示す仕掛けだ。購買部の品目を丹念にみてきた父が追いついて、その丸いのを勝手にくるくると動かした。

「最近テレビでみたけど、食堂がさ」僕は小声でいってみた。

「ビュ、ビュ、ビュッフェ形式のさ、食堂のついた小学校があるんだってよ」ビュッフェがうまくいえずにつかえてしまったが父は
「なにそれ。なにがあるって」と聞き取れていない。なにがいいたいのか自分でもよ

く分からなくなったが、とにかくこんな昔の小学校然とした小学校があることに驚いたのだった。引き返す途中、購買部の値段表のところで父は「バレンが二百円だって」と、不満なのか納得なのか分からない声で教えてくれた。「相場じゃないの」とりあえずいってみるが、版画の授業で用いたあれがいくらぐらいしたか、まったく思い出せない。

玄関まで戻り、反対側にもう半分、同じように続く廊下を、これは少し急ぎ足でみる。岡田さんとの待ち合わせまでの時間は十分にあったが、少し飽きたのだ。「一、二年」「三、四年」「五、六年」。扉の窓から小さな机と椅子の並ぶのをみる。図工室からは粘土の臭い。奥は放送室で、その先はやはり水飲み場。

帰り際に職員室に声をかけると「お別れ会、よければ来てください」とさっきの女教師がいい、手前にいた体育教師がチラシを二枚くれた。バザーとか催しがあれこれ書いてある。遠山さんの講演もある。

丁重に礼をいって校舎を出る。校庭の端に場違いに停まっている車に近寄り、チラシをもう一度みる。

「九月十日かあ」まだだらだら滞在しているかもしれない。大の男二人、こんな素朴な催しに混ざってどうしようというのだ。

駅まで戻ると背の低い中年男がおおい、と駐車場の真ん中で手をあげた。Tシャツにゆるめのバミューダ。駅をみやれば三両編成の電車がホームに停車している。男の側まで車を寄せると後部座席のミロが半分だけあけた窓から顔の先を出して何度も吠えた。

「ミロ、ミロ」岡田さんは窓から突き出した犬の頭をなでている。白髪が増えたが、記憶の通りだ。最近の流行ではない、紐のたくさんついた大きなリュックサックを背負っている。

「ミロいくつになった」遠山さんと同じことを尋ねる。

「十歳ですよ」

「お、久しぶり」僕の方をみて岡田さんは片手をあげた。

「どうも」僕はいったん助手席を降りて後部座席に移る。背もたれをのりこえて座っていたミロを引っ張るようにして、後ろの荷台に移す。岡田さんは荷台にリュックを置いて助手席に乗り込んだ。僕は後部座席に座る。ミロの臭いが濃厚にただよってくる。座席に毛が散らばっているのをむしるように拾うが、追いつかないぐらいあるのであきらめた。荷台に追いやられたミロは不満なのか嬉しいのか、何度も頭をぶつけてくる。

「風呂つくったときのことを覚えてますよ」助手席に声をかける。「おお。五右衛門風呂な」車が走り出すと携帯電話がなった。岡田さんの携帯電話は最近発売されたばかりの新型のようだ。はい、今着いたところです。明日《みょうにち》レンタカーでお伺いします、もしもし、あれ、聞こえますか、あれ。おーい、おーい。聞こえなくなるにしたがって口調がぞんざいになっていくのを父が笑っている。岡田さんは舌打ちをして恨めしそうに携帯電話の画面をにらむ。「このへんは電波届かないみたいよ」父は他人事のようにいった。実際、携帯電話を持っていないから他人事なのだ。岡田さんも「まあいいか」といってポケットにしまった。車は再び標高千百メートルの森へ向かう。

「例によって布団がじめっとしてるけど、いい?」父がいうと「いや、今回はさ。近くのホテルのクーポンがあって、今夜はそこに泊まるから大丈夫」えっ。父と二人、声が揃った。野営でも出来そうな大きなリュックを背負っているくせにホテルとは似合わないことをいう。

死んじゃえと夜中に二人で罵った高層ホテルがみえてくると、あれだ、あれだよ、と岡田さんは指を差した。エレベーターがゆっくり昇っていくところだ。ふと、ああいうおもちゃを子供の頃に持っていたような気がする。

「クーポン?」父はまた遅れて声をあげた。

「最上階に大浴場があるんだってよ」

ホテルの駐車場に乗り入れる。車をおりると岡田さんは「やっぱり肌寒いなあ」と感心した声でいった。岡田さんがフロントで鍵を受け取るのを、かなり距離をおいて眺める。ホテルに入ると分かっていたら、こんな格好はしてこなかったのだが。

「いこう」鍵を受け取った岡田さんに連れられてエレベーターに乗り込む。外が見えるつくりで、上昇するとレタスや稗の畑や我々の暮らす森や、その向こうの湖まで一望できるようになった。父はエレベーターに乗りこんですぐ端にへばりつき、真下を凝視している。

「なに」と僕も真下に目を向けると、駐車場のぼろいワゴン車からミロが顔を出して、我々が分かるのか、なんとこっちを見上げていた。

死んじゃえ、と父は半笑いでつぶやいたが、それはもちろんミロにではなく我々に向けたものだろう。最上階の一つ手前の十四階でとまる。

「この上が浴場だってよ」エレベーターを降りた岡田さんは天井をみあげて不思議そうにいった。

酔いそうなほどふかふかと沈む絨毯《じゅうたん》を歩き、岡田さんは電子錠にカードキーを慣れない手つきで差し込む。小さな赤いランプが緑色に変わり、扉はすっと開いたがカードを抜きながら岡田さんはしっくりこないという顔をして、へぇといった。

中に入ると、大きなベッドが二台置かれている。とても広い部屋だ。応接セットのソファに腰をおろして岡田さんは大きく息をついた。

「奥さんは」岡田さんが訊ねる。元気かというぐらいの意味だろう。

「はい元気です。なんだか僕より忙しいみたいであれなんですが」最近は不意に聞かれても戸惑うことがない。「忙しいみたい」は自動的に付け加えるようになった。嘘をついているわけでもない。

「こーんなに」といって水平に手を出して「小さかったのに、もう結婚だもんなあ」と親戚みたいなことをいって、眩しそうに僕をみた。それから携帯電話を取り出して画面をひらき、またすぐに閉じる。

父はここでも広い窓に近づいて眺望している。まだ我々をみるミロを見返しているのかと近づいたが、単に景色をみているようだった。振り向いていったのは「クーポンってなんなの」だった。ずいぶんクーポンが気がかりらしい。責めるような口調に応じる岡田さんの口調も弁解めいたものになった。

「いや、あれだよ」

岡田さんはジャズ喫茶をやめて、今は古物商をしているのだそうだ。田舎の蔵の奥などには家人も気付いていない骨董《こっとう》の埋もれていることがある。岡田さんはあちこち旅しては買い取りをしているのだが、ときにはいった先々で注文を受けることもある。このホテルを経営している会社とも付き合いがあり、内装やら、庭園におく調度などで頼まれることがあったそうだ。

「ここの温泉の水車は俺が売ったんだよ」工事中に納品したから動いているのをみるのは今回が初めてだという。バブルの終わり頃に着工し、出来たときから経営を危ぶむ声は聞かれていたが、やはり客足は伸びず、ついに格安のクーポンをあちこちにばらまくようになったのだ。

「明日、仕事一つ片づけたら、そっち遊びにいくよ」岡田さんはいいながら、ポケットに手をつっこんでもぞもぞやりはじめた。

「煙草が」

「ロビーに自動販売機あったよ」それでまた三人で長い廊下を歩き、エレベーターで降りる。煙草を買うと、岡田さんは駐車場まで出て見送ってくれた。じゃ、といって岡田さんが自動ドアの奥に消えても父は車を出そうとしない。

しばらくすると、あのガラス張りのエレベーターに岡田さんが現れた。岡田さん一人を乗せて、エレベーターがゆっくりと上昇する。

「おおい」父は運転席の窓から片腕を出して大きくふった。岡田さんはすぐに気付いた。

「似合わないぞう」父の言葉が聞こえたみたいに岡田さんは笑って、大きなVサインをしてみせた。

中年のVサインが空中高くすいこまれていく。

岡田さんは上の階に着くまでずっとVサインをやめなかった。空はいつの間にか曇っている。

「夏も終わりだな」なぜか父は真面目くさった顔でそんなことをいい、車を動かした。

その日の犬の散歩はレタス畑の脇の道ばかり何度か往復したが、あの女は現れなかった。現れたとしてもどうするつもりなのだろうか、こんなところにきてなにをやっているのだろうか。ミロに引っ張られながら帰宅すると、父は長椅子に腰掛けてカメラを覗いている。

「めずらしいね」台所で、ミロの餌を支度しながら声をかけると、父は「いいよ、これは」という。昨日遠山さんから預かったカメラを再び検分していたのだ。遠山さんの旦那さんもカメラマンだったと聞いたことがある。エッセイ集にもそういった記述があった。もうずいぶん昔に亡くなったが、古くからヌードの撮影で有名で、女優のポートレートはかなりの高額で売買されるという。

「遠山さんも若いころモデルになったって」遠山さんが若いころ、というのはどれくらい昔なのだろう。

「スティーグリッツとオキーフだ」うまい喩《たと》えだね。父が山荘でカメラをかまえている姿はとても珍しく、新鮮にみえた。

使おうと思っていたゴーヤーは、冷蔵庫にいれなかったせいでネズミにかじられていた。チャンプルーのはずがただの卵焼きにしなければならない。

「なんかこう、もう一品欲しいな」父はファインダーを覗いたままあらぬ方向を向いていった。

「今日ダイマル休みだよ」

それで、またホテルの側のコンビニまで車を走らせることになった。入口に「八月中は二十四時間営業します」と黒サインペンで張り紙がある。なんだか岡田さんに鉢合わせしそうな予感があったのだが、いなかった。店内は冷房こそないが、まぎれもないコンビニの棚と品揃え。いきなり朝霞に戻った気持ちになる。コンビニの歩き方をしているのが自分でも分かる。週刊誌や漫画雑誌の棚を物色して、奥の冷たい飲み物のところを眺めながらコの字を描くように食材のところにうつると、父が買い物カゴに平たい弁当をいれているので仰天した。

「なにやってんすか！」尻上がりに声が大きくなる。

「なんか急に疲れた。俺もう今日はいい。今から作って洗うなんて」君は自分の食べたい食材を買いなさい。

「えーっ」舌打ちしながら僕も弁当のコーナーからハンバーグ弁当をつかみ、カゴにいれる。

夜、岡田さんに電話で誘われる。携帯は通じないから、部屋の電話だろうか。それにしては受話器の向こうに外の気配がする。ホテルの温泉の入浴客のチェックが甘いから入りにこいと、言葉とは裏腹に囁《ささや》き声でいう。父にかわる。

「惜しい」もう風呂を焚いた後だった。明晩いく、絶対にいく、と父はぶん殴りにいくみたいな凄みのある念の押し方で電話を切った。

「ということは」僕はいった。ということは？　父は僕の顔をみた。

「明日も泊まることになるから、まる一週間滞在することになる」僕も父の顔をみていった。そうなるね。しかも八月は終わるのだ。父も僕も手編みのセーターを着ている。もうジャージだけでは寒いのだ。誰が誰に編んだ手編みなのやら、古着だから分からない。

「お互い、なにもいってこないね、うちの人」

「心配されてないんだよ」父はあーあ、と嘆息した。話題が深刻になる前に急いで風呂に入る支度をした。風呂場の前の暗がりで分厚いセーターを脱ぐと、久しく体験していなかった静電気。おぉ、おぉと立ち上がった髪の毛をなでてみる。少し前髪が後退した気がしてきて、洗面台の鏡を覗きこむ。鏡面に固まったように動かずにいる蛾を爪ではじくと、ぽろりと洗面台に落ちて、それからあわてて羽ばたいてどこか暗い方にいった。

翌日は少し早めに散歩をすませてしまうことにした。ミロという犬はいつまでも、なつく感じがない。散歩を続けても人馬、いや人犬一体という感覚がいつまでも芽生えない。あらぬ方向に向かおうとするのを紐で引っ張ると仕方なくあきらめるのだが、服従している感じがない。常にちっと舌打ちされて、不興を買った気持ちになる。

それを父も僕もとてもよいことと思っている。主人と犬の仲のよさをみせつけるためにしているかのような息のあった散歩をみると、おえっとなるのだ。

またレタス畑まで足をのばすと、畑の真ん中に今度は子供がいた。前に女が立っていたのと同じあたりだ。あそこには一体なにがあるのだろうか。誰かを待っているみたいに何歩か往復して、それから走ってこっちにやってきた。

　赤パチパチだ、と口にはしなかったが、少しじろじろみてしまったかもしれない。小学生ぐらいの女の子だ。

「こんにちは」と素早くいい、軽く頭を下げて風のように走り抜けていった。なんという赤い頬。

「こんにちは」僕も背中に声をかけたが、女の子はろくに聞かずに素早く走り去った。

　僕はミロを連れて、細い小道を歩いてみた。夕焼けが遠くを染めてレタス畑は暗くなっていた。ミロは初めての道を張り切って歩く。このあたりだったか、というところで立ち止まってみる。不満げに進もうとするミロを引っ張りかえして、たたずむ。

　何も起こらない。

　このへんの景色が、畑の端からの景色と較べて特に違っているようにも思えない。ミロはすぐに焦《じ》れて吠え、畑の中に進もうと顔を突っ込む。駄目だって、駄目だって。小声でいって、引き返す。とりあえず立ち止まっていたのが動き出したので、ミロも急ぎ足で僕を追い抜いて先を進んだ。澄んだ空の、綺麗に染まった夕焼けを横目にレタス畑を後にする。

ダイマルで買ったステーキ肉を平らげると皿をお湯につけて、すぐに洗面器と垢すりを用意して二人いそいそと車に乗り込んだ。ミロは寝ているから置いていく。父はジャージもセーターも通り越して半纏《はんてん》姿で銭湯にいく浪人生みたいになっている。森を抜け、闇にそびえるホテルを目指す。

岡田さんはラウンジのソファで新聞をめくっていた。エレベーターを待っている間中、誰かに呼び止められはしないかと気が気でなかったが、二人は堂々としたものだ。最上階で降りると「浴場」と書かれたプレートが掲げられている。文字の下には『当ホテルの宿泊者以外の方の利用を禁じます』とあるが、チェックする人も特にいない。人の気配のないホテルだと感じていたが、脱衣場には何人かいて、シャツを脱いだり、湯気のたつ身体を体重計に載せたりしている。眼鏡を外し服を脱ぐ。

中は銭湯ぐらいの大きさで、洗い場には何人か若者がいたが広い湯船に浸かるのは我々だけだった。仰向けに寝そべるようにしながら首を後ろにそらすと、広く採られた窓から月がかすかにみえる。雲間よりうっすらと感じられる月光のほかは真っ暗なばかりだ。外灯に照らされて遠くまでのびている道路は、つい最近新幹線もとまるようになった町まで続いているらしい。ミロがみあげていたホテルの駐車場にも外灯が一つだけともる。こんなに暗くても遠くの山の稜線は分かる。

「貸し切りだ」先客の男性が洗い場から出ていくと岡田さんは嬉しそうにいい、俯せになって犬かきでジャグジーのところまで移動した。ぼこぼこと湧く泡で濁ったお湯の中、岡田さんの毛深い身体が目の前を通り過ぎる。

「なにあの水車の使い方」湯気の向こう、お湯の出てくるあたりの装飾を父は指差した。

「意味がわからん」

「お湯も、ただのお湯っぽいね」

「薄めてないか、これ」

父も岡田さんも手にすくって眺めながら厳しく批評したが、表情はくつろいでいた。父の場合、風呂を薪から焚く手間が一日省かれたのがよかったのかもしれない。先に洗い場にもどり、備え付けのリンスインシャンプーのポンプを押して、知らない銘柄の液を泡立てる。二人は背後でまだお湯に浸かっていた。

「ところで奥さんは元気なの」父が今ごろになって尋ねている。

「駄目だよ」岡田さんは即答した。風呂場の反響のせいか、言葉とは裏腹に明るく聞こえた。

「あいつ、いい年して男できてなあ。出ていっちゃってなあ。もう、しっちゃかめっちゃかよ」あんまりさっぱりといってのけたので、僕は髪を洗う手が止まってしまった。振り向いたが眼鏡を外しているので二人がどんな表情か分からない。

「ありゃりゃ」父の受け答えも馬鹿みたいに簡単だ。がらがらとサッシの開く音がして、また別の客が入ってくる。僕の二つ隣に腰を下ろすとカランから勢いよくお湯を出し始めたので、岡田さんの声は聞こえなくなった。また椅子に座り直して鏡に映った自分の顔をみる。ぼんやりと曇った鏡の中で僕の頭はまだ泡まみれだった。申し訳程度に指でごしごしこすり、すぐにシャワーで流した。

先に風呂を出て、脱衣場で体重計にのってみる。一頃は食事がのどを通らずに痩せていたのが、一夏ですっかり戻っている。心の深刻さとかけ離れた腹の形を指で撫でてみる。

一階下の岡田さんの部屋に戻ると、浴衣に着替えた岡田さんはすぐにマッサージ師を呼び、来る前からもうベッドに俯せになった。僕は応接セットのソファに腰を下ろして冷蔵庫のビールをいただいた。父は寝そべっている岡田さんに「爪切りある」と尋ね、岡田さんがリュックサックを指すと勝手に開けて爪切りを探した。そうだ。山荘の爪切りは錆びていて使い心地がとても悪いのだ。爪切りは外側のポケットにあった。

ぷちん。ぷちん。爪切る音の間遠に響く中、四十インチぐらいある横長のテレビをつけてニュースをみる。ヤクルト戦の勝敗を報じるときだけ父は顔をあげた。コンピュータグラフィックスではない普通の天気予報が「関東地方、明日は二日ぶりに猛暑」と告げた。僕と父は静かに頷いた。

マッサージ師がドアをノックしたとき岡田さんはもう寝息をたてていた。父が招き入れるとすぐにマッサージ師はベッドの傍らに腰を下ろして「寝てますね」とみたままをつぶやいた。

肩の下に手を載せて押し始めたが岡田さんは「うーん」といったきり、ぐっすり寝たままだ。マッサージ師は構わずに丹念に肩をほぐし、背中を揉《も》んだ。僕は父から受け取った爪切りで足の爪を切った。薄暗いホテルの照明の下でいいように揉まれる岡田さんを遠くに眺める。

「特に腰がこってますね」マッサージ師は肘を使いながら一人ごち、僕と父は「はあ」と頷く。岡田さんは軽いいびきをかいている。

マッサージ師を見送る。テレビも消し、カーテンを閉める。爪切りを電話の脇の眼鏡ケースの横に置く。ベッドの間のスイッチをいじると照明も暗くなった。父はツインベッドの空いている方から布団をはぎとって、俯せの岡田さんにそっとかける。するとあれだけ手荒にされても身動き一つしなかったのに、岡田さんは目を覚ました。

「ああ、どうも」まだ何日かこっちにいるし、電話しますね。小声でぼそぼそいっている。

「今日はありがとうございました」

「うん」まだ少し寝ぼけた、ぐずる子供みたいな風で、起きなくてよいといってものろのろと立ち上がり、岡田さんはドアまで見送ってくれた。薄暗く長い人けのない廊下を歩いて帰る。足音もなく、濡れた垢すりと洗面器と入った白いビニール袋だけがかさかさと音をたてる。

またあのエレベーターで下る。もう二度と乗ることはないように思う。

「ボールペンがね」

「ん」

「子供のころに海外旅行のおみやげでもらったボールペンがさ、こんな風だった」と父にいわれ、それだ、と気付く。おもちゃではなかった。

「岡田さん、離婚するかもって」父はそれだけいった。僕が聞き耳を立てていたのは気付かなかったようだ。

「へえ」二人で前を向いて降下する景色をみる。透明なボールペンの中に液体が満ちていて、中を平たいカヌーが動く。僕がもらったのは同級生の、サイパン旅行のおみやげだった。ペンを傾ければそのたびにゆっくりと往復する、あのカヌーだ。僕は暗いばかりの夜景を眺めた。

外は寒い。もっとよく髪をかわかすべきだった。暗い森を抜けて家に戻ると、ヘッドライトに照らされたミロが鋭く一声、コウモリをみつけたときのように吠えた。

父が便所に立った隙に自宅に電話をしてみる。不在と知るとまたすぐに嫉妬や妄想で胸がいっぱいになる。電話して妻が出たとしても、それはたまたまでしかない。得られる安心などまるで意味がないのに、なぜ電話するのか。胸がしめつけられるような、というのは比喩ではなくて身体的にそうなるのだ。

父は便所から戻ると居間の座卓の上の紙になにか書き付けた。それからテレビの前に陣取ってファミコンの麻雀の続きをやり始めた。

僕は長椅子に寝そべり、腕をのばして父の書いたメモ用紙を手にとった。傍らの電気スタンドの紐をひっぱる。かちんと音がするだけで明かりがつかない。もう一度かちんとひっぱるとつくのだ。電球が切れているのだろうと首をねじってのぞき込んでみると、かさの中で二股に分かれたソケットの片一方には電球がついていない。左側にそれた方の小さな電球だけが暗く灯って、アシナガグモがかさの内側をゆっくりと上に移動している。メモ用紙を明かりに近づけてみると「くみとり業者　連絡」と書かれていた。僕は身体を起こしてテーブルに向かうと「スタンドの電球」と付け加えた。

「ツモ」と曇った合成音声がテレビから聞こえる。ピピピピピ、と点数の加算される音もする。純チャン、三色、ドラ三。あぐらをかいて父は背中を向けていたが、小さく例のデストラーデのガッツポーズをしたようだ。

散歩以外なにもしていないのに、夜になると疲れて眠くなる。こちらに来てから、眠くなることの幸せを感じる。眠くなるのは、余計なことを考えないでいられるということだ。瞼の重さを意識しながら、うつぶせで寝てしまった岡田さんを思い出す。ありゃりゃ、という父の軽い返答も。僕が打ち明けてもありゃりゃ、ぐらいですませてくれるだろうか。

翌朝、電話で起こされる。居間で鳴っているが父が出ようとしないので、仕方なく障子をあけて受話器をあげると遠山さんからなので座り直した。きっと夕食の誘いだ。腕時計を寝床の側に置いてきてしまった。昼過ぎぐらいか。

「まだ寝てたのね」と遠山さんは面白そうにいう。夕食ではなくてブリッジの誘いだった。なんでも四国からギャンブル好きの友人が遊びに来ていて、メンツが足りないのだという。はあ、そうですか。すぐ側で寝ていた父がむくりと起き上がった。電話口を手で押さえて父にかいつまんで説明する。父は首をふり、両手でバツ印をつくった。

「父はちょっと、といっています」あなたでいいのよ、とすぐにいわれて弱る。

「ブリッジ出来ないですし」すぐ覚えるわよ。そういわれると断りの言葉がなにも出てこなくなった。父は台所までいってトースターに食パンを放り込んだようだ。昨夜洗わなかったステーキ皿をスポンジでこすっている。

「明日には四国に帰るのよ、彼」だから滅多にないチャンスだといいたいのか、だからここは守り抜かなければならないピンチなのか、なんだかよく分からない。遠山さん宅の晩餐《ばんさん》は魅力的なのだが、知らない人とトランプなんて気疲れしそうだ。

「後ほどこちらから連絡します」とだけいってとりあえず電話を切る。台所にいくと父はもう食事を始めていた。マグカップにインスタントコーヒーの粉だけ入れてある。沸かし直したお湯を注ぎ、腰を下ろして少し乱暴にトーストを手に取りバターを塗る。ただでさえ塗りにくいのが、表面の冷えたトーストの上でバターはまったくのびない

（私は焼いてから塗るわバター）。ソーセージは魚肉のくせに父はマーガリンを買わない。

「ブリッジだって」

「誘われたのは君だろう」父はパンにバターをのせながら、突き放した言い方をする。

「やっぱりな」パンをかじりながら続ける。やっぱりってなにが。

「やっぱり魔女だから、トランプが大事なんだよ」真顔でいう父は、もうほとんどパンを食べ終えている。

「まだいってるの」遠山さんの誘いについては結論を出さずに、父はいつものように居間に移った。僕も食べ終えて皿を洗う。洗剤がなく、布巾用の石鹼をスポンジにこすりつけるのはエコロジーなどではない。単に汚れ落ちに不満を感じていないだけだ。食器を高いところで持って洗うと滑って落とすので、シンクの下まで手をいれ、低いところで皿を持つのが石鹼で洗うときのコツだった。すべての食器を水切りカゴに収めて柱時計をみればなんともう二時ではないか。

タオルで手を拭い居間に戻ると父は昨夜の紙に買い出しのメモを作っていた。

「なんかこう、甘いものが」

「アルフォートまだあるよ」というと、父はしかめ面で

「あれもいいけど、こう」

「餡のものだな」

「いや、チョコでいいんだけど」

「コアラのマーチ的なものだ」

「それってどんなのだっけ」

「コアラ状のビスケットにチョコが入っている」

「そういうんじゃなくて、もっとこう、パフパフとした」

「じゃあ、ジャイアントカプリコ的な」

「ジャイアント……どんなのだっけ」なにを考えているのか父の表情はどんどん苦悶に満ちていく。

「ソフトクリームのコーンみたいなのの上に空気を練り込んだようなチョコ状のものが」きちんと説明すると馬鹿みたいだ。

「それでいいや」父は紙にジャイアントなんたら、と記した。カプリコぐらい覚えられるでしょう、と指摘すると、不満そうに「カプリコ」と横に書く。昔は、大人がカタカナを覚えられないのを、年をとって記憶力が鈍くなるのかと思っていたが最近分かった。口にしたくないのだ。いうと、それに「与《くみ》した」ことになるらしい。だが

「パフパフした」と食感まで軟派なことをいっているくせにカプリコは発話したくないだなんて許されることではない気がした。

「あと、熊手を。柄の長いやつ」かき集めたいんだなあ、葉を。といいながら最後にそれも書き足した。

「散歩がてら、歩いていくよ」僕はいった。父はメモの下の余ったところにダイマルまでの地図を描き添えてくれた。歩くと片道三十分ぐらいか。

木の枝や小石を踏みながら歩く。久々にミロに引っ張られることのない一人の散歩だ。歩くと思考はとりとめがなくなる。まず増えすぎて減らないトマトのことを考えた。あれはソースにしてマカロニとあえる、と。食べ尽くすのにまだ少しかかりそうだ。

それからついに一週間の滞在ということに思い至り少し気が重くなった。執筆が進んだでもない。僕はだらしないだけだが、父も父で、少し疲れすぎではないか。

次に遠山さんのことを考えた。ミロが十歳ときいて感慨深げだった。一気に親近感が湧いたという感じだった。たしかに引っ張る力は昔より衰えた。犬の成長は人間の五倍のスピードだと聞いたことがある。しかしたとえば犬の三歳と人間の三歳と、精神構造は大差ないのではないか。犬の精神というのも変な話だけど。

三歳だと同じだが、犬の十歳と人間の十歳ならば違うような気もする。犬は肉体の衰えを感じたりするし、人間は伸び盛りの年齢なんだから、考えることも違ってくるだろう。

なんにせよ『十年で衰える』なんてコンパクトでいい。最初からそういうものだと思えば衰えも大して残念でもないだろう。哀しいことや辛いことがあってもすぐにすむ。父も三度も結婚せずに済んだかもしれない。

永久《とわ》の愛なんてあり得ないということは既に思い知っているけど、永久が八十年もあるからつまずくのであって、八十年じゃなくて十年ぐらいの永久の愛なら、誓い合えるかもしれない。滑り込みセーフかもしれない。

舗装された道に出る。自動販売機がある。信号を通り過ぎる。無人の野菜販売所もあるが野菜は置いていない。車でみる景色を歩いてなぞるのは面白い。野球帽の小学生が自転車で通り過ぎるときにまたしても「こんにちは」と小声でいった。

「こんにちは」身構えていたので、ついにこちらも素早く言い返すことが出来たが、やはり聞く気などないみたいに急いで遠ざかっていった。このへんの学校をあげて「挨拶運動」でもやっているのだろうか。

ダイマルには本屋もあった。つい朝霞の調子で立ち読みしていたら遅くなった。

熊手を買いにダイマルの向かいの園芸用品店にいくと、あら、こんにちは。大きくなったのねえ。お父さんは元気？　などと店の人に懐かしがられた。知り合いだったか、山荘のご近所だったか、まったく思い出せない。適当に挨拶を交わす。

熊手の柄にテープだけつけてもらって勘定を済ませると、店のおばさんは「ちょっと待って」といい、店の奥から白いビニール袋をもってきた。

「うちの畑でとれたやつ」お父さんによろしくね、とおばさんは笑った。中はまたトマトだった。なんだかあきらめたような気持ちになり、礼をいってうけとる。

立ち読みが長すぎた。ミロの散歩もしなければならないのに。急ぎ足で歩いたが、夕焼け空がいつもより綺麗なので、少しだけならいいだろうとレタス畑のある方に足を延ばしてみた。

畑の真ん中の、前と同じ場所に昨日の女の子が立っているので近づいてみる。女の子は無言で、なにか緊張した様子で立ち続けていた。警戒される前になにしてるの、と声をかけるつもりだったが、声をかける前になにをしているかほとんど理解できた。女の子は携帯電話を天高くかかげていたのだ。

「こんにちは」とこちらから声をかけた。こんにちは。女の子はやはりはきはきと返事をした。僕の右手の熊手を不思議そうにみつめている。

「なにしてるの」一応、そういってみる。

「メール出してるの。アンテナ、ここしか立たないから」ふうん。女の子は小さい手に持った携帯電話の画面を向けてみせてくれた。僕は買い物の入った袋を地面に降ろし、腰をかがめて受け取った。アンテナのマークが三本立っている。

「このへんはここしかアンテナ立たないの？」そう。あと、ミズハラの裏の駐車場のとことか、車で下った町では立つけど、アンテナ三本立つ穴場はここなの。女の子は訳知り顔でいう。その横顔をみながら赤パチパチという単語をもう一度思い出す。この子ではなく、最初にみたあの女と再会したかったのだが。

なるほどねえ、と改めて声をあげながら、僕はレタス畑のぐるりを見回してみた。もう陽が傾いている。ピロリロ、と軽薄な音が鳴り響き、画面がちかちかと変化したので返すと、女の子は

「きた」といって画面に見入った。他でアンテナが立たないということは、メールを送るだけでなく受け取ることも出来ないということだ。だから佇んで待つのか。

「ここって君しか知らないの」尋ねてみるが、女の子はメールではなく電話を聴いている最中みたいに黙り込んでいる。小さな赤い指がものすごい速度で動き出した。僕は所在なく、浅間山と小浅間を仰ぎみる。

「私たちは皆知ってるよ」と面倒そうに答えたが、私たちではなにも分からない。「どんなメールをやりとりしているの」どうでもいいと思いつつ、つい尋ねたら、画面をかざすようにみせてくれた。また携帯電話を受け取って画面をみると顔文字だらけの文面だ。画面から発する光がまぶしく感じられ、あたりが暗くなっていることに気づく。ふうん、そうかとろくにみないで返す。女の子はすぐにまた返事を打ち始めた。

「あまり暗くなると危ないよ」柄にもなくそんなことをいってみるが、声に威厳が伴わないのが自分でも分かる。

「大丈夫」ぬかりはない、というふうに女の子はキーホルダー型の小さな懐中電灯を取り出した。縁日のくじで当てたのだという。

むしろ危ないのは何も持っていない自分だ。女の子に別れを告げ、小道を歩いてレタス畑を去る。舗装された道に出るとまばらな外灯がひんやりと地面を照らしている。足早に歩いたが、森の道に入ると真っ暗になった。気温も下がってきているようだ。

あぁ、と息をつきながらとにかく歩く。この上、霧でも出ると前後も左右もまるで分からなくなる。地図をみて知ったのだが近くには川と、かなり高い崖があるはずだ。むやみに動いたら滑り落ちてしまうかもしれない。靴底がおぼつかないせいで、地面

なる。

振り向いてみたが舗装された道も、レタス畑も、女の子もついさっきまで存在していたこと自体信じられない。かすかに視界があるのは、月の光によるものだ。あぁ。僕はまた息をついた。さっきの畦まで引き返して携帯電話を借りようかと考えたが、もう女の子もいないだろう。

こんな冴えない人生でも死ぬのは怖い。足がすくむのが分かる。それでも歩くのをやめるわけにはいかない。風が吹き、ざわざわと葉擦れの音がする。足元からは木ぎれや小石を踏むいつもの音。しばらくゆくとかすかに明かりがみえた。外灯が一つ十字路を照らしている。ほっとして駆け出す。駆けながら、妻との初めてのデートを不意に思い出す。

オールナイトで夜十時からのライブだった。「どこかで飯でも食いませんか」と誘ったら「それより」と向こうが誘ってくれたライブだ。彼女の友達が出演するという。ハガキに印刷された地図は大ざっぱで、駅を出て歩いてもなかなかつかない。歩き回るうちにただの住宅街に入り込んだ。外灯も、今のこの森ほどではないがまばらだった。僕は無言で後をついていきながら肌寒さを感じていた。

十字路の外灯の下で妻はもう一度ハガキを出して地図を回転させて、ふうん、と唸った。それから振り向いて「ねえ、喉飴《のどあめ》もってる」と尋ねたのだ。

あれは十一月のことだった。その後すぐにライブハウスはみつかった。彼女の昔からの友達が大勢きていて、僕は朝までずっと人見知りしていた。みたライブの内容は忘れていて、その台詞だけ憶えている。それから僕は喉飴の類を持ち歩く癖がついたのだが、妻はあれきり尋ねたことがない。毎年十一月ごろになると夜の外灯を通り過ぎるたびに、いつも台詞だけを思い出すのだ。こんな山の中で、九月に思い出すのはなにかズレが生じているみたいだ。

そうだ、と思いついて尻ポケットからフリスクを取り出す。東所沢のコンビニで買って、ほとんど食べずにいたのを二粒出して口に含む。いつもの食感と違う。じめっとした口当たりになっていて、少しも爽快感がない。

弱々しく灯る外灯までたどり着く。十字路脇の、既に引き払って無人となった別荘の表札に顔を近づける。表札に番地が書かれていればそれを頼りにできるはずだ。外灯の立っていない十字路もあるから、気をつけなくてはいけない。まだ、まっすぐ。あと二つ角を過ぎて三つ目を左折。

心に言い聞かせて再び歩き出すと前方からヘッドライトが近づいてくる。遠くでへッドライトはかすかに上がったり、下がったりしている。見覚えのあるワゴンののっぺりした顔。後部座席から顔だけ出したミロの姿がうっすらとみえる。僕はだらりとさげた右手の買い物袋と左手の熊手を力をこめて握り直し駆け寄った。ミロが啼いた。

「立ち読みしちゃって」後部座席のドアをスライドさせ、熊手と買い物袋を置く。ずいぶん買い込んだね、父はちらっと振り向いていった。

「今から遠山さんの家にいく」父は怒ってもいないし心配もしていない感じだった。助手席に乗り込み、シートベルトをして、汗をかいていることに気付く。これは冷や汗だ。

「ミロの散歩は」

「さっき軽くすませた」当たり前だが車は速い。焦って歩きつづけた森をすぐに抜けて道路に出る。遠山さんの家は森の外れにあるが、いったん道路を通った方が早いという。僕は園芸用品店のおばさんの話をした。

「あぁ」父は誰だか分かったようだった。トマトくれたというとゲッといった。

「ブリッジするの」君がするんだよ。嫌だよ。トランプはさておき、遠山さん宅で振る舞われる料理は間違いなくうまいことは分かっていたし、さっきまで暗闇をさまよったせいで気持ちは軽かった。

「さっき君のかみさんから電話あったよ」えっと声が出る。

「元気そうだった？」

「遠くの親戚みたいな聞き方をするね」そんなことないよ。車はまたすぐに森の中に入る。

「なんて？」

「小説書いてるかって」もっと別に用事があったのかもしれないが、言づてはないみたいだ。

しばらくいって道を折れると「ここからもう遠山さんの家」といった。僕は前に広げてみた地図の「遠山」と書かれた敷地の広さを思い返した。広い庭の一角に何台か車が停まっている。脇に停めて降りると川の流れる音がかすかに聞こえる。

遠山さんの家はうちと同じく木々に囲まれてはいたが、うちと違ってどの木も丁寧に手入れされているようだ。雑草も刈り込まれており、うっそうとした感じがない。家屋は単純な三角屋根だが、とても綺麗だ。普通、軽井沢の別荘といえばこんな感じだよな、うちみたいなつぎはぎじゃなくて。扉の脇の壁には薪がうずたかく積まれていた。

「あれはいい薪だよ」きっといい薪だよ。呼び鈴を押した後で父は繰り返した。

ドアを開けて出迎えたのは遠山さんではなくて岡田さんだった。あれえ、とお互いに言い合う。あら、と背後から顔を出した遠山さんもいう。

「昨日一緒に風呂入ったんだよな」そうそうと笑う岡田さんは少し酔った顔をしている。

「昔からの知り合いなんです」

通されると暖炉に火がはいっている。

「岡田さんからは石臼を買ったことがあるの。この辺に来るっていうから、ちょうど引き取ってもらいたいものもあったし、寄ってもらったのよね」

「なるほど」このへんで手広く商売をしている岡田さんが地元の名士である遠山さんと仲が良くて不思議はない。

「偶然ねえ」遠山さんは驚いた風でもなくいった。

ブリッジはもう始まっていた。件《くだん》のギャンブル好きは黒いセーターを着ていて、よく通る声ではじめまして、といった。近在の画家とその奥さんという人もいて、三人で小さな卓を囲んでいた。どうやらメンバーは足りているらしい。

「暖炉、本物だったんですね」五年前は使われていなかった。あら、あなたの家には贋物の暖炉があるの？　遠山さんはゆったりした口調でいう。いや、うちではなくてラブホテルなんかにたまに、と思ったがいわずにおく。マントルピースの上には大きなレリーフがあった。英国の普通切手みたいな女の横顔。その横には近所で摘んできたらしい野草がシンプルな花瓶に無造作に活けてある。壁際の大きなテレビは音を消してあって、白黒の映画をやっている。どうやら衛星放送だ。大人が七人いて少しも狭く感じない。

「これは、表の薪ですか」大きな暖炉の中をのぞきこみながら、父は薪が気になるようだ。

「そうよ、作らせ過ぎて余ってるの」「もってく？　遠山さんは大きな鍋を台所からもってきた。暖炉の上のレリーフを指差したら

「それ、いただきものでね。趣味悪いから捨てようと思ったんだけどね、近所の人がくださったものだから、ゴミ捨て場におくとみられちゃうし困ってるのよ」といわれる。

それから家で食べていた食事とは較べられない、おいしい食事がどんどん出てきた。これはなんですか。もぐもぐと咀嚼《そしやく》しながら尋ねると「トマトソースでね、パセリと、キノコと、バジルと……」と覚えきれないぐらい具材が挙がる。だが調理法は「それを煮たの」「ゆでたの」といたって簡単な説明で、カタカナの料理名などまるで出て

ないのでますます感心した。

先客は既に食事をすませたようで、僕と父だけががつがつと食べる。岡田さんは分厚いグラスで赤ワインを呑んで、アンニュイな感じで頬杖をついている。照明は暗かったが、室内の雰囲気はとても明るく落ち着いていた。

食事がすんでお茶が全員に渡ると遠山さんは居間の奥の部屋の扉を開け放してオルガンを弾いた。四人揃わないとブリッジは出来ないらしく、画家夫婦と四国の男は手持ちぶさたでお茶をのみながら遠山さんの戻るのを待っている。

遠山さんは同じ曲を何度も弾いた。父は「これだよ、この味だよ」とグルメ漫画に出てくる食通みたいなことをいってまだ赤いスープにパンをひたしている。口内炎は治ったみたいだ。

「小学校の校歌なの」ダムで沈むあの学校に新しい校歌を提供することになったのだという。いわれてはじめて校歌らしいメロディだったと気付く。とても優雅な演奏で、ちょっと校歌に思えなかったのだ。

「あなた、ちょっと歌詞みてくれる」急に指名された。つやつやした枝豆を食べていた指を上着の端で拭いてあわてて立ち上がり、膝のパン屑を払う。

「僕は校歌の方はちょっと明るくなくてですね」と恐縮しながら奥の部屋にいく。背

後で父が
「校歌に明るい奴なんかいないよ」といっている。暖炉から離れ少しだけひんやりとした奥の部屋の壁は一面、本で埋まっていた。

「これ、こっちとこっち、どっちがいいかしら」全幅の信頼を寄せているような声でいわれ、真剣にみるとサビの部分が「若葉の薫る」「みんなが好きな」「よい学校」「小学校」とある。遠山さんはすらっとした姿勢のままオルガンに向かい、その部分をもう一度弾いてみせた。

「こっちですね」さっきレリーフを差したのと同じぐらい簡単に「みんなが好きな」と「よい学校」を指差す。

「そうね、よい学校の方がいいわね」遠山さんは今度は歌いながら演奏した。僕は聴きながら部屋のぐるりを見回す。テーブルの上の木箱からカメラのレンズが出ている。近づいてみると、八ミリカメラと、普通のカメラが何台もある。一台取り出してファインダーを覗き込む。

「それはね」演奏を途中でいきなりやめ、遠山さんは振り向いていった。

「壱郎のものなの。カメラが壊れたでしょう、それでかわりに使えるのがないかって。でも駄目ね」壱郎という名が遠山さんの旦那さんの名だと思い出すのに少し時間がかかった。

「カメラ以外にも、いろいろ入っているはずよ、あの人新しもの好きで、いろいろ買っては飽きる性格だったし」父がお茶碗を手に奥の部屋にやってきた。

「岡田さんに引き取ってもらおうと思ったんだけど、カメラは詳しくないって。あなた仕事でつかえるならもらっていかない？」父はえっといった。

「形見じゃないですか」

「いいのよ」はっきりいった後で、形見は別にいくらでもあるから、と柔らかい口調で付け加えた。

「でも売ると高いですよ、多分これ全部」父はなおもおどおどといったが遠山さんは「後で少し返してくれたらいいわ」という。もらいうけることになってしまった。

「そうだ、レリーフと一緒に持っていってもらおう」いつのまにかレリーフももらうことになっていた。遠山さんはもうそれは片づいたことのようにいうと、居間に戻っていこうとしたが
「あ」といって引き返すと、木箱の底から茶封筒を取り出した。開けると、ネガが滑るように出てきた。居間に移り、明かりにかざすようにして「ああ」とか「はいはい」などと了解の言葉をあげては、すぐ次のネガを引っ張り出し、光にあてる。

「全部ヌードだわ」と呟き、ちょっと笑った。

　父はろくに中をみずに木箱ごと抱えた。手を貸して、重さに怯む。トランプの輪を横切り、玄関を出てワゴンに載せる。

「カメラ、一台二十万はするよ」父は白い息をはいた。

「あのレリーフもってきて」といわれ、暖炉まで戻ってレリーフに手をかける。片手で何とかもてるという大きさで、これもずっしり重い。変な臭いがすると思い足元の火をみると、ネガが暖炉にくべられて勢いよく燃えていた。さっきは照れくさそうに、しかし笑っていたのだが。

「いいんですか」顔をあげ、遠山さんをみた。遠山さんは残りのネガをみつめていたが
「いいのよ」と、またはっきりいうと、茶封筒に残りを戻して、封筒ごとすっと投げた。あっと声が出そうになった。茶封筒はまっすぐに飛んだ。そのまま暖炉の奥に当たり、垂直に落ちた。ぼうっと炎が勢いを増す。遠山さんの投げた手つきはあらかじめ練習していたかのようだった。

　父が入ってきて「レリーフは？」といったが、僕はまだ心の中であぁ、といっていた。

遠山さんにおいとまを告げると、こっくりこっくりしていた岡田さんが俺も帰るわ、といって立ち上がる。外に出ると岡田さんは「今日、泊めてくれるか」という。クーポンはどうしたよ、と父が尋ねる。

「二泊で終わりよ」普通に泊まったら馬鹿みたいに高いんだもの。レンタカーも返しちゃったしさ。岡田さんは寒さで酔いがさめたみたいで、足を何度か砂利の上で小刻みに動かした。

車に乗り込もうとしたら遠山さんが外まで出てきて「よければ薪ももっていきなさい」といってくれた。

「悪いね」すでに買い物と木箱で窮屈そうにしているミロに声をかけ、薪を積み込む。岡田さんが助手席に乗り、僕は後部座席の買い物袋を座席下に移して座る場所を確保する。車は闇の中を進む。遠山さんの敷地を出るときに後ろを向いてみた。魔女という言葉が浮かんだ。荷台に移されたミロがかまってもらえると思ったらしく起きあがりざまにべろん、と僕の顔をなめた。

家に戻り、買い物袋の中身を冷蔵庫に移している間も二人は居間で木箱を物色している。

「いいものが出てきたよ」と父に呼ばれる。コーヒーを持って居間に移ると、座布団の上にワープロ。

「ソニー製だよ、ソニー製のワープロなんて珍しいんじゃない」僕もちょっと欲しかったやつだ。当時二インチフロッピーディスクを採用したのはソニーだけ。いかにも新しもの好きが選びそうな物だ。

「どうこれ、君、こういうの好きなんじゃないの」うん。インクリボンを抜き取って、これを巻きながらみていけば遠山さんの旦那さんが書いた文章が分かると思いついたが、思いついたとたんに急いで元に戻して、コーヒーをすする。淹《い》れたばかりなのにもうぬるくなってきている。

「寒いね」岡田さんも鼻をすすっている。

「あのヌードって、遠山さんの若い頃かなあ」僕はいってみた。ああ、茶封筒のやつね、あれは今でも高いはずだよ。このカメラよりも、ずっと高いんじゃないかな。

「ヌードってなによ」岡田さんは寝ていたから知らない。父も燃やしたところまではみていない。迷いのない、まっすぐに放った手つきを僕は長く忘れないだろう。父は五右衛門風呂を沸かしに風呂場に立った。居間ではついに火鉢を焚いた。

「奥さんは、なんていってるの」二人きりになって、岡田さんがぽつりと尋ねた。火鉢の前で背を丸めて手をすりあわせながら尋ねる。「なんていってる」とは、なにに対してだろうか。もしかして、我が家の惨状はすべて見抜かれているのだろうか。「何日も避暑にきていてさ、なにかいわれないの」尋ねながら岡田さんは笑っている。なんだ、そんなことか。

「いいませんよ、それぐらいで」僕も手をすりあわせて火鉢を挟んで岡田さんと向かい合う。

「そうか。それはいいな」

「岡田さんはいわれますか、奥さんに。クーポンでいいところに泊まって、温泉入ったりして」しらじらしい気もしたが、尋ねてみる。

「うん、いわれないよ、全然」岡田さんは僕と同じように屈託なくいって、しんみりとした。父がぬっと現れて
「すごいよ」といった。

「なにが」

「薪。なにあれ」呆れているけど、褒めているのだ。火の付きがよく、持ちもいいという。もう俺やめた。薪割りやめ。来年から遠山さんとこで全部もらう。ふてくされた言い方をして長椅子に横たわる。電気スタンドをつけようとして手をとめ、その手を僕の方にぬっと差し出す。僕は台所までいき、買ってきた電球を持ってきて手渡す。

父は起きあがり、スタンドのかさを外して電球をくるくると取り付けた。

ゆっくり紐を引っ張るとかちりと音がして電球はまぶしく輝いた。ずっと足元に止まっていたアシナガグモがあわてて長椅子の脚の下にもぐりこんでいく。

夜も更け、岡田さんは布団をひと揃い抱えて客間に引き上げ、僕も父も床についた。父はいつものように話しかけてこなかった。遠山さんの家での出来事が印象的だったからだろうか。障子を二つ隔てても岡田さんの鼾《いびき》がかすかに聞こえる。まぶたを開けても閉じても同じように暗い。

「わかったぞ」居間の父は不意に消え入りそうな声で呟いた。

寝たふりをしてもよかったのだが、少し迷った末に僕は目をつぶったまま「なにが」ときいた。

「ナゴム小学校だ」

「………」まだジャージの学校名を考えていたのか、この人は。

「明日あたり、帰るか」父はつづけた。

「いいよ、別に。僕はいつでも」

「やめようか」

「トマトはどうする」

「トマトか」

「そうだよ。トマト」

「君たちは、本当にうまくいってるのか」

「ん」

あーっと父はため息をついた。

「いきなり仕事やめたりしたら、普通は不安がるだろ」まあね。本当は不和が先にあって、職場は勢いでやめたのだ。

「俺は若いときは特にちゃんとしてなかったから、母さんには悪いことしたと今でも思ってる」あぁ、ちゃんとしてなかったってね。もう何度も繰り返しきいているよ。心の中でいう。

「俺はまたしてもうまくいってないんだ」えっ。まどろみかけていた意識が呼び戻される。ずっと閉じていた目を開けるとやはり暗闇が広がっていた。

「また離婚するの」

「いや、それはないと思うけど」父が寝返りをうつ音がする。薄暗いＮＨＫの廊下に一瞬だけ身体が引き戻された気がする。不眠症の原因はそれか。

先を越された、と思った。僕がいおうと思っていたのに。いや、本当はいうつもりはなかったのに、そう思った。負けず嫌いだな、といった父の言葉が思い出される。

「ははっ」声をあげて笑ってしまった。

「おかしいかい」

「今いくつだっけ」

「五十一歳」犬でいうなら十歳ぐらいだ。

「歳だわね」遠山さんの口調を真似てみた。父は黙っている。

「まあ、よく考えて」義妹のことを考えたが、不安にはならなかった。なるようになるだろう。


明け方、寒さで目が覚める。くみ取りの便所に小便をする。小さな窓から朝の光がかすかにさしこみ、便器の穴の暗黒から白い湯気がかすかに立ち上ってくるのがみえる。目をこらせば、たしかに糞尿がもうずいぶん上まで溜まってきている。

台所に人の気配がする。ガラスの引き戸の向こうでなにかが光っているように思う。いってみると岡田さんだった。暗がりで携帯電話の画面をみつめていたのだ。岡田さんはおはよう、といって携帯電話をぱたりと折り畳んだ。寝直そうか起きてしまおうか、少し迷ったがやかんをガスにかけ、居間に戻ってジャージを手に取る。（みんながナゴムよい学校）心で口ずさんでみながらジャージをはおって、台所にいってインスタントコーヒーを淹れる。

「アンテナ立つところ知ってますよ」テーブルに向かっていう。岡田さんは指で目やにをとっていた。

「穴場があるんですよ」

「連れていってくれる」といって岡田さんはすぐに立ち上がった。がぶりと僕はコーヒーを大きく一口のみ、頷いた。

　知らない鳥がすんだ声で啼いている。森に、道に、霧がドライアイスのように低く垂れ込めている。前を歩く岡田さんは背が低いから霧に腰までつかっている。がに股もみえない。足音だけをたてながら二人すっすと移動する。

　レタス畑も靄《もや》がかかっているみたいだった。畑の真ん中までゆっくりと歩く。先を行く岡田さんは携帯電話の画面をみながら歩を進めた。昔テレビでみたダウジングみたいに「あ、立った！」と叫んで立ち止まった。

　あ、立った！　という岡田さんの声が周囲にこだました。

「三本立ったよ、アンテナ」岡田さんはすこし控えめな声音で続けたが、それもまた少しこだまする。

岡田さんは鼻息も荒くなったが黙って指を動かしてメールを入力しはじめた。太い指でおぼつかない動き。ぼんやりみていたが、席を外すべきだと気付き、小道を引き返す。この場合は席を外すというのかしらと考えながら畑を出て、緑の砂利道まで戻ると、初めて女をみたときみたいに遠くの岡田さんの姿が神々しくみえてきた。しばらく画面をみつめていたが、やがて電話を耳にあてがった。

霧は薄れ、かわりに霧雨が降ってきている。しっとり濡れる景色をみやる。遠くの山は雲に覆われてまるでみえない。

「頼むよ」と岡田さんがいったのが、それも反響して聞こえた。猫背で、口に手をあてながら、畑の真ん中で何か必死に話をしている。頼むよ、の一言だけでもう僕はぐっとこみあげるものがあった。電話は終わったみたいだが、岡田さんは電話の画面をみつめて放心している。

霧雨と思っていたら、大きな雨粒がぽつぽつと落ち始めた。岡田さんは土の小道をとぼとぼと歩いた。元通りの大きさになるみたいにゆっくりとこちらにやってきて目の前まで来ると「ありがとう、助かったよ」といった。

森へ戻るための舗装道路に出ると、早朝に不釣り合いな大型のバイクが右から左へ爆音をたてて疾駆していった。舗装道路をゆっくり渡りながら岡田さんは

「今のバイク。昨夜、遠山さんの家でトランプやってた人だよ」といった。

「今日中に戻るっていってたから、ぶっ飛ばすんだろうなあ」雨がアスファルトに音をたてはじめ、二人駆け足で帰宅した。

散歩から帰るとくみ取りの車が来ていた。便所にいってみると上の方まであった糞尿は綺麗になくなって暗黒の穴だけがみえた。

岡田さんを駅まで送った帰りの車の中で「せば帰るが」と父はいった。東北弁は祖母の口真似だ。そうしよう。僕もいった。

晴れ間が出たので洗濯をしたり、ビニールシートの穴をガムテープで塞いで、つくった薪と、遠山さんにもらった残りにかぶせたり、最後の布団干しをしたりしているうちに午後は過ぎていった。

暗くなる頃に布団を取り込み、押入に入れた。入りきらない分は畳に積み上げ布をかぶせた。冷蔵庫の中を空にして、生ゴミを土に埋めた。トマトと余った食材は半分ずつ家に持ち帰ることになった。かじられたゴーヤーは父が裏に掘った生ゴミの穴に捨てた。ジャージはお互いに持ち帰ることになった。

「僕、桶谷よりナゴムがいいな。そっちがレアものって感じする」

「あっそう」父とサッカー選手みたいにジャージを交換する。父は昨夜遠山さんの高価なカメラを岡田さんと分け合っているからジャージなどどうでもよさそうだった。

荷物を車に積み込み、ミロの紐をほどいている間に父がブレーカーを下ろした。

車に乗り込むと、ふと思い出したという口調で父は
「昔、この道でジョン・レノンとオノ・ヨーコをみたよ」といった。

「先にいってよ」思わず大声になった。

「先にいってどうなる」

「もう、生活が全然違ってくるよ」それを知っていれば窓の外を眺めるときの気分も散歩するときのムードもまるで違ったのに。

「で、どうだったの、ジョンは」

「うん。二人で自転車乗ってた。僕が君ぐらいの年齢のころだ、うん」

帰りの車はあっという間だった。寝ているうちに高速を抜けていた。単純な僕は早速ジョン・レノンの夢をみた。自転車のジョンとヨーコは軽やかに山荘の前を通り過ぎた。自転車なのにスローモーションみたいにゆっくりだった。動きはなんだか人形みたいだった。セサミストリートに出てきたカエルのカーミットみたいだ、と思ったらミロが鋭く吠えた。

目を覚ますと東所沢の駅前だった。縁起のいい夢をみたという気がした。

「一富士二鷹ジョン・レノン」

「なんだそれ」父は笑って、出発のときと同じコンビニの前に車を停めた。

後部座席の鞄をとると父は怒って
「レリーフレリーフ。それは君がもらったんだろ」という。仕方なく罰ゲームみたいに重たいレリーフも降ろす。

「じゃあまた、なんかあったら」

「はいはい」ミロは啼くこともなく、こっちをみていた。僕はその頭を撫でた。

東所沢駅のホームで思い出し、鞄から携帯電話を取り出した。電源をいれると、これまで一度もみたことのない表示が出てきた。画面にHの文字。次にE。

H　E　L　L　O　!

みたことがないというのは嘘で、単に忘れていただけだ。一年前に購入して、はじめに電源をいれたときにもみたのだ。それから山にいくまで一度も電源を切ったことがなかったということだ。

「死んじゃえ」僕は留守電を確かめもせずに電源を切った。ポケットに戻そうとする

と、中に紙切れがあった。広げてみると

・くみとり業者　連絡
・スタンドの電球
・マカロニ
・ピーマン
・豚肉
・アロンアルファ
・牛乳
・ジャイアントなんたら
　カプリコ
・熊手（長柄）

とある。下にはダイマルまでの大ざっぱな地図。父はあれだけ「かき集めたいんだなあ」と詠嘆混じりにいっていたくせに最後の日はまるで熊手のことを忘れていたみたいだ。

紙切れを捨てようと思って、思い直してこれもポケットにしまう。

帰宅してみると、玄関に袋が落ちている。広げると「靴流通センター」と書いてある。靴の入っていた箱もほとんど動かした形跡がない。リビングに入るとむっとした空気が立ちこめている。電話の側にコップが置きっぱなしだ。妻はあの晩しか帰宅していないのだ。なぜか腹は立たない。

荷物をどさどさと置き、着替えもせずに、暗い部屋でまず僕は本棚に近づいた。大きな漢和辞典を取り出して床において、急いでめくった。

「のぎへん……のぎへんは五画」僕は和の字の読み方をひいた。

ジャージの三人

遠雷が鳴る。見通しのよい道の遠くの方は雲が暗く、というよりはほとんど真っ黒に立ちこめている。

細い雷が行く手のはるか先で幾本も走り出す。つけっぱなしのカーラジオは、アナウンサーが「七月ももう終わり」と明るい声でいったところで途切れ、雑音だけになってしまった。

「すごいね」

「すごいねって軽くいうけど、これからあそこを抜けるんだよ」運転席の父は、僕の手から缶コーヒーを受け取って一口飲む。さっきドリンクホルダーの吸盤がとれてしまったのだ。

僕の膝にはマップルが置かれている。表紙には林檎の絵。地図と林檎でマップル、か。膝にあるのはコンビニで買ったサンドイッチを食べるときの受け皿にしていたからだ。父からコーヒーを受け取り、手に持ち続ける。父は胸ポケットから携帯電話をとりだして液晶画面に目をやる。ついに父も携帯電話を持つようになったのだ。

胸ポケットに電話を戻して、その手をまたつきだした。サンドイッチを開封して一つ手渡す。

「なにこれ」父は口をもぐもぐさせながらいった。なんでもいいからといわれ、これもさっきコンビニで買ったものだ。

「BLTサンドだよ」透明フィルムに貼られたシールの印字を読んでこたえる。

「何サンド?」BLTサンドと繰り返しながら、自分でもなんのことやら分からない。

「まずいの?」いや別に。父の髭にパン屑がついている。

だんだん空が暗くなる。少し前方で雨が降っているのが分かる。と、水滴が窓ガラスに音を立てて当たり、すぐに車は雨地帯に突入した。

荷台のミロが不興そうに幾度か吠えたが、やがて黙った。雨音のあまりの激しさに気圧《けお》されたのだろう。

空はさらに暗くなる。助手席の窓をのぞけば、さっきは遠くで細かった稲妻が間近に幾たびも放電している。雷鳴も途切れることがない。

「うひゃー」ふざけた声を出してみるのは、僕も気圧されたからだ。

「うひゃー、じゃないよ」父の表情はさっきまでと変わらない。落雷と雨粒の音が混じりながら激しく響く。後部座席をみる。まどろんでいた妻が、視線を向けるとちょうど目を覚ました。窓に指をあてて、すごい雨とつぶやく。

「雹《ひょう》だよ」父が叫ぶようにいう。三十年近く生きてきて、雹をみるのは初めてだ。なるほど雨とは違う。ばちばちと固体の当たる強い音でぶつかり、ウィンドーを素早くすべっていく。運転席側も助手席側も間断なく光る。そして雷鳴。我々の車はいよいよ雲の中枢に近づいていた。

ついさっきまで表情一つ変えていなかった父だが、いつの間にか眉間に皺がよっている。なんだかハンドルを切りたそうにみえる。もちろん高速道路はまっすぐだから、くぐり抜けるしかない。非力な我々のワゴンを、追越し車線のベンツがあざけるように抜き去っていく。

「夜みたいだ」妻がまだ少し寝ぼけた声でつぶやいた。本当だ。

そういおうと思った瞬間、視界が真っ白に輝いた。


遅れて衝撃。ミロがよろけて転ぶ音。シートベルトをしていなかった妻も、運転席のシートにぶつかったかなにか、小さく声をあげた。

「今、ワンバウンドした！」父は頷く。指先に缶コーヒーがかかった。振り向いたが、景色に変化はない。雷がどこに落ちたのか分からない。立ち上がったらしいミロが意見をいいたいような顔でこっちをみている。妻のほうをみると、大丈夫というふうに頷いた。とにかく、無事だった。

　皆既日食が終わるみたいにみるみる空が明るくなる。僕は父のコーヒーを飲んでしまい、指についたのも舐めとった。後部座席に再び目をやる。妻ははっきりと目覚めたようで、何度かまばたきをしながら窓の外をみている。その後ろの荷台ではミロが半立ちで、ずっと前からみていたみたいにこっちに首を向けて動かそうとしない。「すごかったね」妻は首を小さく左右に動かしていった。車は大きな陸橋に差し掛かる。

　雷鳴が今度は背後から響く。ラジオが何事もなかったように鳴り始める。マップルマップル。父がいうので手渡そうとすると、そうじゃなくてめくれという。高速道路でなんの地図をみる必要があるだろう。

「碓氷《うすい》軽井沢インター前で事故だって」僕は見過ごしていたが、電光掲示板にそうあったらしい。渋滞に巻き込まれぬよう一つ手前のインターで降りて、一般道をいくという。大丈夫？

「大丈夫？」父は僕の口調を真似した。

「君がナビやるんだよ」助手席の助手って言葉は伊達じゃないんだよ。父はまだ先に暗雲の垂れ込めているような険しい表情で前方をみつめた。

仕方なく大判の地図をめくってみる。結局サンドイッチのかすはすべて足元に落ちた。地図を読めない男、なんとかかんとかの女。そんな題名の本が売れていたような気がする。

インターの料金所を出るとすぐに路肩に停車して、父が地図をめくった。

「今、ここな」父の差した指よりも描かれた道路の線ははるかに細い。地図は縦軸と横軸で区切られている。脇に記された数字とアルファベットを追いながらページをめくっていけば、見失うことはないらしい。

後ろから妻が「代わろうか」といった。

「よし」すぐに助手席を降り、のびをした。重い雷雲は遠ざかっていて、別の方角には夕焼けがみえる。スライド式のドアを重そうに開けて妻は降り、やはりのびをした。あーっと低い声もあげた。

「よく寝た」感心したように自分でいって、助手席にはい上がるように乗り込む。そういえば妻は地図をみるのが好きだった。時刻表をみるのも。

僕は入れ替わりで後部座席に乗り込み、ドアを勢いよく閉める。そこは寝る席といわれてその気になり、背もたれに体をあずけ、腕組みをして目も閉じてみる。だが、眠いような気がしてくるだけだ。間近になったミロの臭いがきつい。

「昨年からこっち、ミロ洗った？」

「あぁ」父は声を漏らす。今のあぁ、は否定の響きだ。ミロは洗われるのが嫌いで暴れるから、最近はしんどくなったという。酔いそうなほどの犬臭さ。

「だんだん慣れるよ」妻はいう。彼女はどんなに過酷な条件でも眠ることが出来る。歴戦の傭兵のようだ。寝顔をみながら尊敬の念を抱いたことが何度もある。

「それより、ミロの口にあるおできはなに？」妻は父に尋ねた。それで荷台のミロの口をみると、下に大きなできものがあった。

「あれな、癌じゃないかって話だよ」噂話みたいに父はいう。レーガン大統領の鼻のできものがニュースで話題になったことを思い出した。いわれてみれば、これは目立つ。

今どこですか、あーはいはい、ここか。妻はシートベルトの差し込み口を探すのに手間取ったが、それを終えると素早くページをめくり、すぐに現在位置をのみこんだようだ。

車が再発進すると妻はまた首だけ振り向いて、寝ればといった。社長席の社長は伊達じゃないんだよ。背もたれのすき間からみえる妻は半笑いでいいながら地図を素早くめくる。

「車で眠れない質《たち》なんだよ」すぐに父がうそつけ、という。去年、山から帰ってくるときなんか、高速に入った途端に眠りこけて、出るまでぐっすりだったじゃないか。

「そうだっけ」そうだ。いきなり、昨年の帰路でみた夢まで思い出す。あのときは、ジョン・レノンの夢をみた。ゆったりした足取りで自転車をこぐジョン。

「あれは縁起のいい夢だったなあ」さながらカエルのカーミットのようなこぎ方。今その夢からさめたばかりのような気持ちになり、僕はまたのびをした。車はさびれた商店街を行く。

「カーミットってなに」妻は笑いを含んだ声で、次の次を右です、と言い足す。敬語なのは、相手が父だからではない。自分が今ナビだからだ。

「そういうカエルが出てくるんだよ。セサミストリートに」ビッグバードだけと侮《あなど》るなよ、セサミストリートを。別に侮ってないよ。妻はまた笑いを含んだ声でいう。

そういえば新婚旅行のときも妻は地図をみていた。イタリアの小さな島の、ケーブルカーの小さなホームで、石畳の三叉路で、地図に目を落とす妻を僕は思い出した。

もう何年も前のことだ。

「腹へったな」赤信号で停車して父がいう。なに食おうか。日はすっかり落ちている。

「なんかこう」父はゆっくりいった。父はなんかこう、といってから考える時間が長い。

「なんかこう、さっぱり系だな」かわりに僕がいった。父は最近胃が悪いらしい。

「うどんにしよう、うどんに」僕はなんでもよかった。

「やっぱり」妻はエウレーカ（発見した！）、という顔でいった。

「なにが」

「親子で同じ口癖」あなたもいつもナンカコーっていうよね。なんかこうっていう割に、後に続く言葉は具体的なの。なんかこうビールのみたい、とかね。

「そうだっけ」

適当に入ったレストランで食事をすませ、僕はコーヒーも頼み、父は無料のお茶をおかわりし、妻はお冷やを呑んだ。再び出発し、だんだん山を登っていく。峠で霧が出た。日本海と太平洋の空気のぶつかり合うところだから、気温差で霧が出やすいのだと父がいい、妻は地図のはじめのページを開き、指で本州の真ん中あたりをおさえてなるほどなるほどといっている。

妻のナビゲーションは有能なものであったらしい。だんだん知っている道に出るというのではなく、二時間ほど揺られていきなり森に入る。

森の中の山荘に着いたのは真夜中だった。父は懐中電灯を僕に渡し、荷物をかかえて先に降りる。僕が後方から照らし、父は横から伸びた枝や葉をよけながらすすんだ。「ジャングルみたいだ」妻はいうが、僕が子供の頃はもっと繁茂していた。どの草も父の膝の上まであったように思う。気候が変わったのだろうか。

毎夏、群馬の山荘を父は二度訪れる。まず七月の終わりに家族をつれてくる。子供の学校のためにいったん東京に帰ってから、八月の終わりに、後片づけのために一人で再び訪れるのだ。後片づけというのは、本当は一人でだらだら過ごすための名目のようなものであるらしい。昨年、その二度目の訪問をともに過ごしてよく分かった。あれは、やったことはないがきっと麻薬のようなものだ。とろりと脳を溶かす、そんな休暇だった。

ところが、父の今の奥さんは今年から生協の幹部になっていろいろやることがあり、その娘の花ちゃんは中学二年でもう受験に備えて夏期講習を受けるという。それで父は夏の間中、一人でだらだらをやるつもりらしかった。世間では割と名の通ったカメラマンなのだが、経済的に余裕のあるわけでもない。最近は若くてうまくて安いのがどんどん出てきて困る、とぼやいている。それでも、蒸し暑い夏に休む習慣だけは変えようとしない。

一人だけ涼しい思いをさせてなるかと意地になったわけではない。しかし僕も昨年仕事をやめて以来フリーライターと言い張っているものの、コネもなくてほとんど無職に近い状態だった。どんどん減っていく預金通帳の額面のことさえ考えないようにすれば、はじめからこの避暑に参加できるのだった。

妻がついてきたのは、これはまったくの予定外だった。涼しい思いをさせるか、という意気は、むしろ「私もいく」といったときの妻にこそ満ちていた。インド洋で発生しているエルニーニョ現象の状態から察するに今年も猛暑、という記事から目をあげて、妻は有無をいわさぬ調子でいったのだ。

どのように処すればよいのか分からなかった。今なお戸惑っている。ついてくるなといえば、来なかっただろう。だが昨年山に一人で来たら父に夫婦仲をさんざん疑われた。今年も同じ疑いをもたれるのは面倒だという気持ちもあったので、つい許可してしまった。妻は行進のしんがりでミロを引っ張っている（引っ張られそうになっている）。

家の前の空き地は十坪もない。建物は目と鼻の先なのに、父の半ズボンと、向《む》こう脛《ずね》をみているとやはり妻のいうとおり密林を行く探検隊の気持ちになる。妻は紐を握ったまま、や、刺されたといってどこかをかいている。牛歩戦術という言葉が浮かぶ。口に出すと、戦術？　と返される。ミロは不意にあらぬ方向に突進しようとして妻に色っぽい声をあげさせた。

たどりついたテラスに、昨年の帰る前日に買ったまま使わなかった熊手が立て掛けてあった。手にとると、柄の部分に園芸用品店のシールが張りついたままだ。扉の前で父がキーホルダーをまさぐっているので手元を照らす。鍵を見つけたところで、光の円を鍵穴まで動かす。

大きくて力も強いミロをもてあましている妻から紐を受け取り、テラスの柵につなぐ。父がブレーカーをあげるために先に部屋に入るというので懐中電灯を渡した。

父が家に入り、玄関前が真っ暗になると妻は間近でうわあといった。僕も昨年の夜にきたときに、この闇には驚いた。

「でも、みえないね、星」暗闇で妻は空をみあげているらしい。僕もみあげてみる。なにもみえない。ミロがテラスをたしかめるように歩く音がひたひたと響く。

「曇っているか、葉っぱで隠れてしまうんだよ」といったときに家中の明かりが点いた。僕が声をかけた方向に妻はいなかった。

はっと思い首を動かすと、妻はテラスの段をおりて、家には背を向けていた。暗がりに停車したワゴンに慎重な足取りで向かいはじめた。僕はなぜ今自分ははっとしたのだろうと考えながら、玄関で靴を脱ぐ。なにやら黴《かび》の臭い。

キッチンと居間を抜け、書生部屋と呼んでいる和室に入る。畳がずいぶん緑がかっていると思ったら、やはりうっすらと黴が生えているのだった。気づけば入口から自分の足跡ができている。片足を持ち上げると靴下が黴の緑色に汚れていた。便所の脇までほうきを取りにいくと、妻が僕の鞄も一緒に抱えながら居間に入ってきた。妻はうわあ、とさっき闇に包まれたのと同じ調子で部屋の中をみていった。なにしろぼろい館だ。改築して台所と奥の洋室だけは新しいが、あとの部屋は、砂壁はぼろぼろで障子紙もつぎはぎだらけだし、床を踏めば、あちこち抜けそうなぶわぶわした感触がある。

畳の黴は細かくて、はきとっても目に残る。雑巾がけが必要みたいだ。押入に入りきらずに脇に積みあげた布団が心配で、かぶせた布をめくってみる。触れただけでじっとり湿っている。顔を近づけるとやはりこれも黴臭い。明日から毎日干さなければいけないだろう。

ほうきはあきらめて書生部屋を出ると父はもう居間の長椅子に寝そべってテレビを

みている。スポーツニュースをみてよしっと声をあげた。去年はヤクルトを応援していたようだが、どうやら今年はちがうらしい。妻は台所にいた。冷蔵庫の電源コードをたどって、プラグを探している。

三角タップのついたままのコードを冷蔵庫の横から引っ張り出して、食器棚の陰のコンセントに差し込む。早速妻は桃を野菜室に次々いれた。妻の親戚がどっさり送って寄越した桃だ。

僕は台所の水道で濡らした雑巾を手に書生部屋に戻る。寝そべったまま父が「黴か？」という。そうそう。

年季の入ったぼろ雑巾をおおざっぱに動かす。さっきの「黴か？」って尋ね方、祖母に似ていたなと思いながら。

「その和室はほら、家から凸型に飛び出てるだろ」だからかなにか知らないけど、その部屋だけ湿度の加減が黴の発生にちょうど適するみたいよ。父は障子の向こうから張りのない声で説明する。戦後間もなく祖父母に買われてから今日まで改築や増築を重ねた山荘は、すぐには図面に描けないくらい複雑な形になっている。祖母は改築好きだった。思いつくと、ひいきにしている大工を呼びつけてはあそこを広げて、ここを壊して、とやっていたそうだ。

「ふうん」古ぼけた文机の下に手を伸ばして、雑巾でこすりながら生返事をする。向こうで妻が

「やっぱりなんか肌寒いですね」といったので、ああ、と思う。この館で、そんなことを迂闊《うかつ》にいったら出るぞ。ジャージが出てくるぞ。黴は軽く拭くだけであっけないくらいに簡単にとれてしまう。

「黴はすぐ発生するけど、すぐ死ぬから」僕の気持ちを見透かしたように、父は障子の向こうで解説をつづける。生きていられる条件の幅が狭いっていうかね。これこれの湿度、これこれの気温っていうのがあるからね。ふんふん。では、今拭き取っているのは黴の死体ということか。

「寒いだって？」父の反応が遅いのはいつもの通りだ。一方、妻の反応は早かった。

「大丈夫です。着るもの持ってきましたから」早口でいうと、ファスナーを開ける音が聞こえる。

「なにそれ」すぐに父が目をむいたような声をあげたので、僕も雑巾がけを中断して障子をあけてみる。妻が鞄から取り出して広げているのは真新しい、ブランドもののジャージだった。

「買っちゃった」

「買っちゃった？」

「安かったから」

「お金を出してわざわざ買ったの？」あるのに、どっさり。父はつまらなそうな、不満そうな声をあげた。それでも立ち上がって奥の洋間にいった。めげずに取ってくるつもりらしい。去年も着たジャージを。

　僕も昨年の夏にここで着ていたジャージを洗濯して持ってきていた。胸に学年や組を記すワッペンが縫い付けてあり「和小学校」と刺しゅうもされている。紺色の、二本線の入った、ＬＬサイズのジャージだ。和小学校の和の字の読み方で昨年は盛り上がった。父はナゴム小学校だというが、ちょっとそれでは漫画みたいではないか。

「よかった、持ってきて」父が抱えてきた段ボールからジャージを取り出すと妻はただよう煙に眉をひそめるような顔でそういった。

　父は昨年家に持ち帰った分を持ってこなかったらしい。段ボールにまだどっさり入っている中から新たにビニールのごわごわした袋を開けて、一着取り出し、ポロシャツの上から袖を通した。

「あ、それも和小のだ」父は僕とお揃いになった。

「よかった、買ってきて」妻はまた同じようなことをいって、自分もＴシャツの上から袖を通した。僕は台所にコーヒーをいれに立った。なぜこの家に小学校のジャージが大量にあるのか、父が妻に説明している声を聞きながら、薄暗い台所のガスコンロをひねる。かちんと音がするばかりで炎はつかない。まだプロパンガスの元栓を開けてないのだと気付く。

父の説明はボロ集めが好きな祖母の話に移っているようだ。妻の相槌は「へぇ」とか「はは一ん」とか、夫の父親に対するものとは思えない、侮っているようにも聞こえるほどの気軽さだ。父は気付いていないのか、歓迎しているのか、とにかく以前から二人はそんな調子で会話している。

テーブルの上のごつい懐中電灯を手に、台所脇の勝手口から外に出る。勝手口の外はいきなり藪《やぶ》に放り込まれたようだ。扉の下にコンクリのブロックが二個、沓《くつ》脱《ぬ》ぎとして置かれている。上に女性用と男性用のサンダルが並んでいた。

お向かいの、変な形の家の窓に明かりが灯っている。勝手口の扉は開け放しているのに、父の説明も妻の相槌も遠ざかり、虫か蛙か、そんな生き物の鳴き声に囲まれる。

父は僕が結婚したときにものすごく喜んだ。結婚に伴って就職するというと、それにはなにもいわなかった。とにかく結婚が嬉しいらしいと思っていたが、それだけではなくて父はなにしろ妻のことが気に入っているみたいだ。

父は全共闘の世代だが、学生運動にのめりこむでもなく、かといってまっとうに就職することもなく、ドロップアウトしてアルバイト暮らしをはじめた。まだフリーターという言葉もなかったころだ。すぐに友達のカメラマンの助手になった。荷物持ちのようなものだ。結婚は二度失敗している。今の奥さんは三度目で、それもあんまり円満ではないらしい。

だからか、僕達の結婚式で父は妙に殊勝な言葉をいった。私は父親らしいことは何もできませんでしたが、こうして大きくなって、よき伴侶をみつけてくれてよかった。そんなことをいった。

家の裏に回る。風呂場のあたりだ。薪を割るための切り株がみえる。生ごみを埋める穴も。懐中電灯を壁に向けると、丸い光の輪の中に灰色のプロパンガスのタンクがみえた。光を上に動かす。タンクは二つ並んで、倒れないように鎖で壁に固定されている。どちらのコックをどの方向にひねるのだったか。

固いコックを多分こうだろうと適当に動く方向にひねって帰ろうとしたとき、懐中電灯の光のそれた先からなにかがガサリと動いた。

慌てて光を草むらに向けたが、もう静まりかえっている。鳥肌がぶるぶると湧き上がってすぐに収まったが、まだ正体を確かめたい気持ちであちこち照らしてみる。

もうなんの気配もない。あきらめて戻ると、台所の六人掛けのテーブルの、端の椅子に腰掛けた妻が携帯電話の画面をみつめていた。

「圏外でしょう」声をかけると、妻はうんといって急いでポケットにしまった。もう何度も似た光景をみてきたような気がする。

ポケットに隠す行為に少し傷つくと同時に、ざまあみろとも思う。標高千百メートルの山奥まできて男と連絡を取ろうとしたって、そうはいくものか。本当は別の用事かもしれないのだが、妻の携帯電話は男用と僕は決め付けていた。

本当は、近くに電波の通じる場所があるのを知っているのだ。絶対に、教えてやらぬ。かすかな優越感に浸り、すぐに、そのあまりのかすかさに思い至りながら、やかんをガスコンロにかけてコックを捻《ひね》る。

「コーヒー、それとも紅茶にする」妻はすぐに気付いて、食材の入った段ボール箱を物色し始めた。

かちん、かちん、何度かコックをひねるがまだガスがこないみたいだ。しばらく回しっぱなしにして待つ。

「コーヒーしか持ってきてないよ、多分」やがてスーと透き通った音がしはじめる。かちんとひねるとボンと青い炎が勢いよくついて、熱気が頬まで伝わった。

妻は床にしゃがみこみながら、父の持ってきた食料を吟味している。

「よくこんな知らないメーカーのものばかり集めたね」意地だね、まるで。妻は箱から次々に取り出した。輸入ものの、聞いたことのない銘柄のインスタントコーヒーの瓶。これは昨年も愛飲したものだ。それからシーチキンではない、似たようなロゴのついたツナの缶。カレーのルーはハウスとエスビーの合作みたいな「ディナージャワカレー」だ。本当に、こんなのどこで買うんだろうかと思う。妻は賞味期限まで疑り深い目で確認している。

「あ、でも魚肉ソーセージは高級ブランドものだよ、ほら」そうね。高級なのかどうか知らないけどね。妻は手にとったマルハの魚肉ソーセージの三本束になったものを、それもいぶかしそうにみながら冷蔵庫の下段にすっと差し入れた。

醤油などの調味料は奥さんがまとめ買いした生協のもので、どれも漏らないように口の部分がラップでくるまれ、ゴムでとめてある。ビスケットも輸入物に日本語のシールが貼り付けてあるものだ。最後にエビオスの茶色の大瓶を手にとったときだけ妻はおっという顔をした。

「今、はやってるんだよ。ダイエットにビール酵母」

「そうらしいね」うちの場合、エビオスは祖母のころから常備薬だからね。遅れてるね、君たちは。

る。

「最近はエビオスも味がドライだもの」うそばっかり、妻は笑って瓶を戸棚におさめ

父はさっきからガラス戸の向こうでウケているらしい。ここからは長椅子に寝た足だけがみえるが、かすかに動いている。妻の意地だね、というのが特によかったようだ。父はエビオスだけでは足りないらしく、さっきもレストランでの食後に漢方の胃薬を飲んでいた。

あ、もう沸いてる。妻が立ち上がってコンロを止めた。不思議そうな顔をしている。

「ここではお湯は静かに沸くんだ」僕はおごそかにいってみる。

「なんで」標高が高いから。なるほどね。いつの間にねじを回したのか柱時計が鳴った。その前からかちかちと時を刻む音が鳴っていたのに、気付かなかった。二人、鳴り終わったところで顔を見合わせる。子供の頃からあったものだが、今はもう動かないのだろうと思っていた。昨年の滞在ではねじを巻かなかった。

「本当に鳴るんだね」妻は感心した。きっと妻にみせるために、父が巻いたのだろう。

コーヒーはいったよ。居間にいくと長椅子に仰向けに寝そべった父もまた携帯電話をいじっている。

「入らないな、電波」妻と同じことをいう。

「いつ買ったの」仕事で必要でね。いつと尋ねたのにそれには答えない。父は電波の入らない携帯電話の液晶をすかしみるようにしている。

「メールやるときのさ。このリってのはなんだ」なんだ、というときの、語尾の少し乱暴な感じも祖母に似ている。

「メールなんかするの、誰と」父がみせてくれたのは岡田さんのメールだ。

「なんだ、岡田さんか」父と長い付き合いの古道具屋だ。皆から社長と呼ばれている。妻が台所からやってきて、長椅子と壁の間の隙間に入り込むようにして、裏からのぞきこむ。

「やっぱり圏外ですか」

「ねえ、リってなに」リ？

「リ、こないだはどうも」父は読み上げる。こないだは。リ、リ、リ。

ああん？　という調子で受け取った妻は画面をみつめて「もしかしてre:のこと？」と問う。

「だからリってなんだって聞いてるんだっての」父は首を動かした。僕も手渡されたのをみると、メールの標題だけが小さな画面に並んでいる。

こないだはどうも
re:こないだはどうも
re:re:こないだは
re:re:re:こな

「リ、は返信という意味」レスポンスの頭文字のREじゃないかな、多分。妻は長椅子の裏から、背もたれの部分にあごを載せるようにして父にいった。

「じゃあ、リ、リ、は」

「レスポンスの、そのまたレスポンスってことでしょう」あっそう。父は面倒そうにいったが、そんなに何度もリ、が続くほどのやりとりを父がメールでしているということが僕には驚きだった。岡田さんなんかと、いい年した親父同士でなにをそんなに交わす話があるのか。あやしい。

携帯電話が圏外だったからというわけではないだろうが、妻は三泊だけして帰ってしまった。私もいく、といったときの決然とした気配からは夏中ずっと居座るような

勢いがあったのだが。そういうと

「だって仕事あるもん」と自明のようにいうのだった。

車で小一時間ほど下ったところにある駅まで送る。妻は車窓からみえるレタス畑や周囲の木々をいとおしげにみつめた。

「じゃあね」桃、悪くなる前に食べてね。妻の荷物は、そういえば小さかった。はじめから三泊のつもりだったのかもしれない。帰宅した後、どこで誰となにをするつもりか、そんなことを考えると気持ちが黒くなりかけたが、彼女の姿が小さな駅の改札を抜けて階段をのぼって消えてしまうと、不思議と平気になった。

たったの三泊でも妻は山荘暮らしを満喫したようだった。行きの車中でずっと眠そうだったのが、幾分さっぱりした顔になっていたように思う。

出発の数日前、埼玉の2LDKのマンションで、フローリングの床に転がりながら少ない会話を交わす我々は二人ともパンチドランカーといった体であった。床は涼しくて気持ちよかった。刑事ドラマの殺人現場で死体のあった場所を縁どる白線、あれを脳裏に浮かべながら僕が転がっていると妻も傍らでごろりと真似をはじめたのだ。天井をみながら妻は告げた。昨年からだらだらとつづいていた、しかし当人にとっては一世一代の恋愛に、ついに破れたのだと。

妻が一世一代の恋愛をしていた、ということは当然夫はかやの外におかれる。それでも一方が愛の渦中にいる間は、まだなにか家の中に熱のようなものがこもっていた気がする。

それがどうだろう。家の中にふられた人間が二人いるというのは、なんというかても辛気《しんき》くさいものだった。生命力をサーモグラフのようなもので映し出したらきっと表示は真っ青になっただろう。僕も天井をみながらあっそうといった。恋に破れたという宣言が本当かどうかは分からないから、心を動かされまいと思った。

男と妻の関係は一年以上だらだらと続いたわけだが、蜜月の状態は長くなかったようだ。男には籍こそいれてなかったものの、実は十年連れ添った恋人がいて、本気だったのは妻だけだった。もう別れることにした、と年明け間もない夜遅くに帰宅するなりそういった。そういう妻は困った顔をしていた。そのころから妻はいつもその顔をするようになった。

僕がののしっても、冷たくしても、懇願しても、気まぐれに優しいおもんばかった言葉をかけてみても反応は同じだ。泣きそうな、怒りそうな、あさっての方をみるような、その全てのような顔になる。困惑というのでもない。なにかを知っている人が、知らない人に説明できないでいるときに申し訳なさを感じつつも、どこかに優越感も抱いてしまう、そんな表情だった。向かい合って餃子を食べるとき、映画のビデオを並んでみるとき、そんな思考停止しているときだけ、かつての屈託のない顔で微笑んだ。

夜中に僕は怖くなると、こっそり妻の手帳を盗みみた。別れることにしたときいても、そんなものはただの言葉でしかない。少し帰宅が遅くなったりすると、すぐに怖くなるのだ。

携帯電話はもうずいぶん前からパスワードによるロックがかけられていた。0000から入力して1999ぐらいまでこつこつ入力していたら夜が明けていた。突然どっと疲れて、それから触れるのをやめた。今は秘密を持つ側に有利な時代だ。秘密を知ろうとする側は、己の尊厳をとことんまで貶《おと》めなければそれを遂行できない。

春頃、手帳に男と撮ったプリクラが挟んであったのをみつけた。日付も刻印されている。年明けに「別れることにした」といったのはやっぱり嘘だった。あるいは会わずにいるのが我慢できなかったのだ。ほらみろ。なぜか安心感すら覚えた。僕は思わずそれを抜き取った。

その翌日、僕の携帯電話に珍しく妻から電話があった。家の中でプリクラを拾わなかったかという。盗み取ったとは考えないらしい。いや、疑っているからこそ電話を寄越したのかもしれぬ。

帰宅すると妻はさめざめと泣いていた。プリクラを目にした僕が嫌な思いをしたであろう、そのことを申し訳なく思って泣いているのだと思った。泣いたぐらいで許すものか。

「これのこと？」といってぶっきらぼうに差し出すと、妻は大事なものだから、どうか返して、といって泣いた。僕はかっとなり、それから怖くなった。これはいよいよ、本当のかやの外だ。泣かれつつ、責められつつ、世界の端の崖っぷちに追いやられている。申し訳なく思うだろうなどと考えていたついさっきの自分はまだ元気だった、息の根が十分あった。

手帳を覗きみたという自分の罪を棚にあげて、恐れもひた隠しにして、その分僕は怒りをあらわにした。プリクラは返さなかった。今でもそれは執念深く僕の財布にしまってある。

だが今ではむしろ、さめざめと泣かれたことよりも、それだけ全身全霊をかけて愛していた男のことを、「恋に破れた」と告げてからは、露骨に悪し様にいうことのほうが不思議だった。

もちろん「恋に破れた」という発言自体を信じ切っているわけでもない。しかし「バカだった」と振り返る口調はむしろ強気で、投機に失敗して舌打ちする事業家の気配すら漂う。あのころ、あんなにうっとりしていたではないかなどと蒸し返そうとすると、興ざめなことをするなよ、というような顔になる。

そんな馬鹿な。

だって、あれだけ好きだったんだろう。僕の方でも、今でも好きでなければ困るという口調になってしまう。

山道を上り山荘に戻ると、薄暗い居間のじゅうたんの上に妻のかっこいいジャージがきれいに畳んであった。そうだ、旅先でも常に荷物を軽くすることを考える人だった。結局妻は滞在中、このジャージを初めの夜しか着なかった。上下ともハンガーにかけて居間のカーテンレールに吊してみた。少ししか着なかったのに、それは妻のぬけがらのように揺れた。

僕は書生部屋に入ると鞄からノートパソコンを取り出して文机に置いてみた。去年は原稿用紙を持ってきていた。それを机に置いただけで満足して、一枚も書かなかったな。今年に至ってはすがいなくなってからやっと道具を取り出す始末だ。小説家を目指す、などといっていたが、数年前に小さな文学賞で佳作を受賞したきり、鳴かず飛ばずがつづいている。

今年は息が白く凍えるほどの夜はないが、よく雨が降って肌寒い。三日間、寝るとき以外ジャージを脱いだことがない。父の姿がみえない。いつもは長椅子でだらだらしているのだが、奥の洋室でタオルケットをかぶっている。洋室は花ちゃんのために作られたもので、この山荘で最も新しい清潔な部屋だ。

「具合悪いの」

「いや、なんかこう」といって首を傾げる。昨年も眠れないんだと体の不調を訴えてはいたが、今年もなのか。半身を起こし、足元の蚊取り線香に手を伸ばしてライターで火を点ける。

「しけってて、すぐ消えちゃうんだ」台座に据えられた蚊取り線香は、水気をふくんだ重みのせいか七夕飾りみたいに渦巻きが垂れている。

「ちゃんと着替えてから寝れば」うんといいながら、父は横になり、目を閉じる。妻は帰る前夜、お父さんに健康診断を受けさせるべきではないかといった。

「亡くなった私の叔父さんも胃の不調を市販の胃薬でごまかしていたら、それが癌だったんだから」父が風呂に入っている間に妻は切り出した。うん。僕はさっきの父と同じくらい歯切れの悪い返事をしたと思う。どこかで芝刈り機の音がする。そういうと、チェーンソーだろうといわれる。いずれにせよ、うんと遠くだ。

「うちも切らなきゃ」生ゴミの穴の奥の木が、こちらに向いているだろう。そうだっけ。

「あれが倒れるぞって前から脅されてるんだよ」

「誰に」そういえば、あれはずいぶん大木だ。

「脅されてるんだよ」父はまたいった。松の木は大木でも根が浅いから、台風でもきたら一発だってよ。ねえ、誰に。もう一度問うてみるが無視される。チェーンソーのような芝刈り機のような音が鳴ったりやんだりを繰り返している。

「読経のようだな」父はいった。蚊取り線香の煙が部屋に広がる。

「顔に白い布かけようか」といってみる。

「チーン、もあれば完璧だな」父は仰向けのまま、指でりん棒を鳴らす真似をした。元気こそないが、父は昨年よりも機嫌がいい。きっと妻がきたからだ。たとえ三泊でも、一緒にいるところをみて安心したのかもしれない。

夕刻、ミロの散歩に出る。力の配分を考えることのないミロの歩きは、小学校のときのマラソン大会を思わせる。スタートして、トラックを一周して市街に抜ける、そのときだけ短距離走のペースで駆けてトップになる子がいたものだ。すぐに追い抜かされるのに。トラックの半周向こう側にぽつんと抜け出した少年をみて、目立ちたがり屋がいるものだと思っていたのだが、あれは目立とうとしていたのではなく、ああいう走り方しか出来なかったのではないか。不憫なミロのように。

雨上がりには森のあちこちに新しい茸がちらほらと現れる。落ち葉の合間から突き出た姿はどれもおいしそうに、だがどれも毒茸にみえる。観察しながら歩いていると、遠くからエンジン音とタイヤが砂利を踏む音がする。視線をあげれば向こうからくる車はこのへんでは珍しい、平たいスポーツカータイプ。僕とミロの脇で停車する。

ゆっくりとスポーツカーの窓があき、左ハンドルの助手席から遠山さんが顔を出した。遠山さんはこのへんに一年通して住んでいる作詞家だ。もう七十歳ぐらいのはずだが、遠山さんはどこか年齢不詳のところがある。若くみえることはたしかだが、何歳位とはいえない。年々、年齢不詳になっていっている、という言い方を父はした。

父とは昔からの付き合いらしい。毎年おすそわけをくれたり、晩ご飯に招いたりしてくれる。運転席には若い、メン・イン・ブラックみたいな見知らぬ男。

「あら、あなた、きたのね」きました。

「奥さんは元気なの？」昨年もこなかったみたいだけど。父の話題よりも先にそれを尋ねるとは、遠山さんはいきなり核心をついてくる。

「元気ですよ、なにしろ忙しい人で」去年もそんなことといってたけど、うまくいっているの。

「はい」あんまり鋭くいわれると、こちらも意地になる。

「あら、化膿症ね」えっ。初めてきく病名だ。僕はええ、はいとあいまいに頷いた。ミロのおできのことだろう。スポーツカーの窓は電動だった。

「遊びにいらしてね」と窓のしまりきる前にいう。遠山さんおしまい、という感じで、運転席の男がギアを動かす。何者だろうか。見知らぬ若い男だ。助手席で遠山さんは優雅に手をふった。通り過ぎるときにボンネットのロゴをみればＪＡＧＵＡＲとある。遠山さんの愛車はジャガーなのか。ゆっくりと遠ざかっていった。ミロに引っ張られながらそれを見送る。

「ジュアガーだって？」父は遠山さんのことならなんでも怪しむ。怪しむことにしている、とでもいう風で、なんというか律儀さすら感じる。昨年は遠山さん魔女説を半ば本気で唱えていた。父は裏で薪を作っていた。なんか違うな発音（ローマ字読みでもジャグアーが正しいのではないか）と思いながら頷く。

「急いでたみたいで、すぐにいっちゃった」いっちゃいましたぜ。遠山さんの一挙手一投足を報告している自分もなんだか変だ。滞在中、遠山さんには毎年とてもよくしてもらうのだ。それなのに我々は遠山さんの不可思議さをむやみにいぶかしんでいる。「ミロが化膿症だっていってたよ」ふうん。いってみるが、そっちの情報には反応が鈍い。

父は板きれの束を僕に手渡した。五右衛門風呂の焚き口に入る大きさまで割るか切るかしなければならない。

「釘あったら抜いて」いわれて、工具箱からペンチを手にする。

「くべるとはぜて、飛ぶから」

「くべる、はぜる」久しぶりの語彙《ごい》を聞いて、反すうしてしまう。

渡された板の中には、もとは家具の一部だったらしいただの合板や、なにか塗装をされたものもある。いつもうちの薪は火のつきが悪い、すぐ消えると愚痴をいっていたのも無理はないという気になる。家具の一部でL字型にくっついていた片方の板を強引にはがしたらしく、幾本もの釘がついているのがあって、案外手間がかかる。力もいる。

　だが、昨年も薪割りを手伝って思ったが、こういう労働は没頭してしまう。

「こういう些末《さまつ》な仕事って、いくらでもできるなあ」いい湯だなあ、というような軽薄な調子でいうと、父は笑いながら
「そういうことを簡単に思う連中が、なんたらサティアンでいそいそ働いたりするんだよ」という。たしかに、そうかもしれない。釘を抜くだけでも汗が流れる。植木鉢の下に敷く皿に折れ釘をどんどん捨てていく。

「さっき君があったの、双子の妹の方かも」父はすでに薪になったものを束ねながら不意に思いついていった。遠山さんには妹がいるのか。だがそれでは「あら、きたのね」という気安い台詞の説明がつかない。

「そういえば若い男が運転席にいたよ」というと父はますます眉間にしわを寄せた。

　それから日没までひたすら釘を抜き続ける。皿に折れ釘がどっさりたまり、収穫を得たような充実感が胸に広がる。

「倒れそうな木ってこれ」ペンチで指すと父は頷いた。生ゴミ置き場の側の大木はたしかに家屋に向かって傾いている。

「切ると結構かかるって」そう。傾いてはいるが、しっかりした幹は頑丈そうで、不

安は感じない。家に戻り汗を拭い、ビールを呑んだ。

花ちゃんが今から行くと連絡してきたのは滞在十日目だった。

そのころには僕はもう滞在に飽きがきていた。子供の頃、まだ母と父が離婚する前、夏の山荘に長期滞在する我々一家に、東京の知人はいちように羨ましげな声をあげた。北軽井沢の別荘、というのが金持ちめいた誤解をうむようだった。それとは別に奇異の視線を向ける者もいた。なにも娯楽のない森の奥でそんなに長い間いて、一体なにをするんですか、と。

そんなとき父は真面目くさって「住むんです」と言い返していたが、その意味が今は了解できる。家というのは住んでこそ維持される。黴にしたってそうだ。人がいて扉を開けたり、入ったり出たりする、ただそれだけで空気は動き、湿度も変わるからこそ黴は発生しないのだ。畳にせよ、水道の蛇口にせよ、人がいて使い続けることで維持される。そういうことが分かってくるから、布団を干したりしまったり、家に関するなにかをすることにはさほど飽きなかった。住むというだけで、時間もそれなりに経過することにも気付いた。

だが我々は自炊に飽きていた。作ったり、後片付けをしたりするのはともかくとして、献立を考えるのが辛くなる。そういうことを主婦の愚痴の定番として耳にしたことはあったが、こうして実感してみると、考えることの辛さは作ることの比ではないのだった。昨年は一週間の滞在だったから、その日数を超えていよいよ辛さが露見した、という感じだった。毎夏一週間程は一人暮らしを満喫している父もさすがにうんざりしていた。

包丁でなにか切ることや、スポンジでなにかを洗うこと。それは薪を作ったり釘を抜いたりすることと同じだ。作業の連続でしかない。しかし野菜室にあとどれだけ茄子があるか。牛乳はどれだけでなくなるのか。豆腐は腐ってないか。それに加えて、昨日とは違う料理にしないといけない、などと考えると算数が数学になる感じがする。お互い、一人ならいくらでも安易な食事ですませただろう。缶詰とか、場合によっては外食だって、遠くまで歩けば出来ないこともない。

我々の食事はとにかく考えない方向になびいた。それでもままならない。レトルトですませようと「麻婆豆腐の素」を買って、開けてみると二食分入っていた。つまりもう一回麻婆豆腐をいつかやらなければいけないということで腹を立てたり、とにかく大量に作って食いつなごうと大鍋につくった豚汁に大きなカマドウマが落ちてヒステリーみたいな叫び声をあげたりした。だがもっとうんざりなのは、一食食べ終えて、後片付けを終えたころにはもう次の食事を按配しなければいけない、ということだった。
「誰か賄いさんを呼ぼうぜ」父はいった。虫をよけて、それでも父は豚汁を食べながらいう。涼しいよ、とかなんとか甘言で惑わせて、煮炊きはすべてそいつにやらせよう。それが甘言であるという自覚はあるのだな、と思いながら、僕は少ない友達に誘いのメールを書いてみた。

標題：山荘においでませ。
本文：皆様、いかがお過ごしでしょうか。僕は今、群馬の山奥にきております。標高千百メートルの山は快適。とにかく涼しいです。森の木漏れ日の中でのんびりしませんか。近くに川もあり、散策にももってこい。テラスでくつろぎながらのスローライフ、してみませんか。

歯の浮くような言葉を書き連ねてみたが、いいところは川ぐらいしか思いつかない。
「なんでこんなうっとりした文体なの」父は書生部屋までやってきてノートパソコンの画面をのぞきこんだ。携帯電話も使いこなすようになった父はパソコンの画面にも遠慮なく指を差した。硬いような柔らかいような液晶に父の太い指が触れて、じわっとにじむ。

「それよりも、いざ来てからこんなはずじゃなかったと怒られるのはまずいから正味の所も書いておけ」僕は眼鏡をずりあげて、山荘のまずい点を箇条書きにしてみる。


1・室内に虫が出ます。カマドウマ、アシナガグモ、蛾、蜂など。

2・布団がじめっとしています。オールせんべい布団。布団だけでなく、シーツや紙とかも、慢性的にしんなり感あり。

3・トイレはくみとりです。

4・五右衛門風呂です。

5・携帯電話通じません（徒歩十分強でアンテナの立つポイントありマス）。

6・鼠が出ます。


とたんに書くことがいくらでも浮かぶ。ここまで書いてみせると、老眼鏡の父は誰も来ないよ、と呟いた。

「いいところも頑張って書こう」ふむ。

1・涼しい。ともすれば寒いくらいに。

2・ジャージ貸シマス。

後が続かなくなっていると
「風呂も、いい方にしちゃえ」父は画面を指差していう。

3・五右衛門風呂でレトロ気分満喫!


項目を移動させて文章をさらに軽薄なものに打ち直す。それならくみ取り便所だってレトロと言い張ることはできる。

「大勢にメール出しても、皆でいっぺんにこられたら困るな」あくまでも賄いなんだから、一人ずつばらけて来てもらわないといけない。まるで罠《わな》だ。

「そんなの、どうやって書けばいい」台所で柱時計の鳴る気配。ボーンとはじまる二秒くらい前に、必ず歯車がぎりぎりと動く音がするのだ。

それから、緩慢な鐘の音。一回だけ鳴って、終わった後にも、後始末、というようにかすかに歯車がぎりりと動く。時報が鳴ると、それまでは気にならなかったカチカチ時を刻む音が耳に残るようになり、二人とも途方にくれた。

「明日考えよう」せば寝るが。父は時々東北の訛《なまり》を真似する。風呂、まだ熱いから入るならどうぞ。そういって奥の洋室に入っていった。

いっそ帰ればいいと思う。父はともかく、僕はなんだろう。こんなメールまで書いて、ここに居続ける理由は暑さをしのげるからだけだろうか。僕の場合は逃避以外の何物でもない。小説などその後数枚も書けてはいない。

しかし帰る場所などないのだ。僕は考え直す。僕は今、現実から逃れているのではなかったか。逃げることもやめたらどうなる。トドメを刺される覚悟はあるのか。逃げるなら逃げるで、性根を据えなければ駄目だ。もうちょっと頑張るべきだ。書生部屋で、窓ガラスに映った電球の光をみつめる。変な覚悟を決めて明かりを消すと鼠が天井裏をかさかさと動き始めた。

花ちゃんが来るという報せは、とにかく僕を大いにほっとさせた。いつもの駅まで迎えにいく。夕方の電車でつくというから、迎えにいって戻ってきたらもう夜だ。

「夏期講習はどうなったのかね」

「中断してきたみたいよ」あらら。

「花ちゃんって、なんかこう」と父はいって、発進したばかりの車をとめる。蛇だ。蛇はゆっくりのような、素早いような動作で藪に消えていった。

「なんかこう?」続きをうながす。車は再発進して、すぐに舗装道路に出る。道はいつもより混んでいた。ちょうどお盆休暇の始まりだ。

「花ちゃんって、なんかこう友達が少ないらしい」車中で父は、少し心配そうな声でいった。

「それは遺伝だよ」僕は自分でもなぜ断言口調になったのか分からなかった。車はカーブのつづく山道を下っていく。

「禿と同じかよ」まあね。

「いじめられてるのかな」

「いじめられても、いわないでしょう。彼女は」また僕は断言していた。

「たしかにな」それももしかしたら遺伝かもしれない。僕も妻との不和を口には出さないし、父だって昨年の滞在中に不和をほのめかしたことがあったが、それきりだ。同じではないか。強いというよりも、見えっ張りというのに近い。

父も、夏期講習の金がもったいないとか、そういうことはあまり思わないみたいだ。

夏に勉強するなんて馬鹿だ、ぐらいに思っていたのかもしれない。

花ちゃんはがらんとした駅の入口で待っていた。お盆休暇で混んでいると思ったが、周囲は静かだった。花ちゃんは駐車場の向こうに切り立った崖の上の工事の様子をみあげていた。ブルドーザーがおもちゃみたいに小さく、それも自分よりも上方で動いているのを、興味深そうというのではなく、他にみるものがないからといった顔で眺めている。

大きな鞄を傍らに置いていた。あれは夏休みの残りをずっとこっちで過ごすつもりの量だ。

花ちゃんと会うのはいつでも「久しぶり」だ。久しぶりだから会う度に背が高くなる。名前は花だが日陰のコスモスのようにほっそりと伸びていく。花ちゃんは僕と会うとまず笑い出しそうな顔をする。会えて嬉しいという笑顔ではない。すでに冗談を一ついわれたような「ウケている」顔だ。

「のびたねえ」僕の第一声は毎回それで、花ちゃんはそれで笑う。成長をまぶしく感じているというのではなく、雑草かなにかが「無駄に」のびた、そんな呆れた声音になっているのだと思う。

「多いねえ」花ちゃんの鞄はぱんぱんに膨れ上がっている。

「なにそれ、レーションでも入ってるの」父の尋ね方には娘を監督するという感じが欠如している。花ちゃんは多分レーションという言葉を知らないだろうに笑っている。

駅を離れ、曲がりくねった坂を進み、人里離れた景色になった頃になって花ちゃんはこのへんにレンタルビデオ屋ってあるかなあ、とつぶやいた。

「はぁ?」父はいつもよりオクターブは高い声をあげた。両脇を木々に挟まれ、曲がりくねった道路沿いの看板は、手書きで「桃あります」とか「ペンション→」とか、そんなのばかりだ。さっきの駅前まで戻ったところでビデオ屋があるとは思えない。

「ツタヤのありそうなムードではないね」僕がいうと
「蔦のからまる綺麗な洋館ならあるんだが」父がいう。惜しいね。惜しい惜しい。助手席と運転席と横並びでいっていると花ちゃんが明らかに気分を害している気配が背後から伝わってきた。

「宿題だもん」学校に映画鑑賞文を提出するのだそうだ。僕は遠山さんの家を思った。衛星放送かケーブルテレビか分からないが、遠山さんの家にいくと昔の映画をいつでも音を消した状態でかけっぱなしにしている。いざとなれば遠山さん頼みだろう。

「そういえば花子は最近映画づいてるよね」父が不意に思い出したようにいう。いいながらヘッドライトを点灯させた。近所のつぶれたファミリーレストランの跡地に入ったのが大きなレンタルビデオショップで、会員証を持ったのが嬉しかったらしい。一泊二日でこまめに借りてきては熱心にみているのだそうだ。映画が好きというよりは、映画についてなにか語るということに憧れがあるようだ。

夏中に四十作みると決めたのだという。僕も大学生時代、己に枷《かせ》を課すように映画をみまくった時期があるが、中学生でその決意は少し無理がないだろうか。

レンタルビデオ屋以前に家にはビデオデッキがないだろう。テレビのチャンネルだってダイヤル式だ。だが二人ともそんな話題はしないから、なにかあてがあるのかもしれない。

父は峠道の大きなカーブの終わりで急ブレーキを踏んだ。がくんと体がシートベルトに締め付けられる。

「猪だ」えっ。顔をあげるころには、大きな猪の後につづいた瓜坊が必死な足取りで道路脇に消えるところだった。

「みのがした」花ちゃんは再発進した車の中で首を小さく左右にふった。それは落雷を抜けたときの妻の様子に似ていた。

いくつか買い物をすませて森に戻ると、家の前の道に軽自動車が停まっている。テラスに立っていたのは二朗さんの奥さんだ。二朗さんは父の兄で、うちと少し離れたところに別荘があって、しかし普段はあまり行き来はない。

「二人とも本当に大きくなって、ねえ本当に」デ・クレッシェンド。だんだん声が小さくなる二朗さんの奥さんの声を聞く度に花ちゃんはあの音楽記号を思い出すという。

「じゃあお母さんは？」

「母さんはレガート」迷わずにいった。レガートね。お父さんは？

「お父さんは」花ちゃんはピアノを習っている。ざっざっと砂利を踏みしめながら花ちゃんは首を傾げた。

「お父さんはリタルダンド」慎重に考えながらいった。リタルダンド。

「なんかこう、逆じゃない？」語感からすると、奥さんはリタルダンドで父がレガートと思える。

「なんかこうって、意味知らないでしょう？」うん、知らない。僕と花ちゃんは、帰宅してすぐにミロの散歩に出ていた。僕が紐をにぎり、花ちゃんが道を照らす。

ミロは一日待ちかねて、やっとはじまるらしい散歩と、不意に現れた奥さんのどちらにかまけるべきかで、家の入口では明らかに足取りに迷いが出ていた。あらぬ方向に突進するのはいつものことだが、進みかけた後で家のほうに何度も首を向けたりする。ミロはその昔二朗さんの家からもらわれてきた犬で、奥さんになついている。実は奥さんは大の犬嫌いなのだが、幸か不幸かミロはそのことに気付いていない。ミロという名も二朗さんの子供が既につけていたものだ。麦芽飲料みたいな毛色だからという由来も含めて、父にも父の奥さんにもその名は不評だった。不評だが、新たに名付けるのも面倒だったらしい。

「ピアノはどう」うん、やってるよ。花ちゃんの靴は森の散歩にはあまり向いていない感じがする。僕は昨年の滞在で安物に懲りていたのだが、金もあまりないので前より千円高いのを履いている。

「今でもあの先生に？」うん。花ちゃんはとても年老いた先生にならっている。

何年か前に公民館の小ホールで行われたピアノの発表会を今でも憶えている。小さい子から順に出てきて、曲はだんだん難しくなる。同時に、背もだんだん高くなっていった。

「このままいったら最後に出てくる子は三メートル超」隣席で父が呟いたが、花ちゃんが出てくると親らしくビデオカメラを回しはじめた。花ちゃんは袖から歩いてきたときからまったく堂々としておらず、椅子の高さを変えるときも申し訳なさそうな表情で、演奏も、一度つっかえた以外は終始タッチも柔らかく上手にできたのに、最後のお辞儀は謝るようだった。

「生まれてすみません」父はビデオのファインダーを覗きながら勝手なアテレコをした。花ちゃんがそそくさと退場すると、場内に先生の声が流れた。

「次のなんとかさん、この人は当日になってキャンセルしてきました。まったく仕様のない人ですので、飛ばすことにしまして」と、会場にアナウンスしたのには皆少々度肝を抜かれた。

三メートルまでいかなかったが、おしまいは大学生の教え子がラヴェルをひいて、最後に急にそれまでの膨張が一気に収縮したような猫背の小さな先生が登壇して超絶技巧練習曲を弾いた。先生は、途中でページをめくる勢いが強くて、楽譜を床に飛ばしてしまった。しかしさっきの大学生が袖からさっと現れて、拾い上げると先生は落ち着き払った様子でそれを受け取って、続きをひきはじめた。大学生はその後おしまいまで先生の傍らに付き添った。

「あの先生はお元気?」

「うん、まあね」なぜか自信なさそうにいった。舗装道路まで出る。外灯が灯っている。ヘッドライトをつけたミニバンが二台つづけて通り過ぎた。どちらもうちの商売用のと違う、最近主流の流線形のやつだ。いつもは道を渡ってレタス畑までいくのだが、これからいっても、真っ暗でなにもみえないだろう。

「暗いから、ミロには悪いが、今日はこれぐらいにしとこう」もう道を渡るつもりでいるミロを引っ張りかえす。

「そうだね。本当に、暗くなるよね」実感をこめて花ちゃんはいった。

「霧が出るかもしれないしね」

「ねえ」砂利の混じる森の道を戻りながら、花ちゃんはいった。

「でも、夜がこんなに暗いってことを東京の人にどんなに説明しても、うまく説明できないの。いいなあとか、星が綺麗なんでしょうとか、そんなふうにいわれちゃうの」いいなあとか、そういうんじゃなくて、暗いってことだけ伝えたいのにな。

花ちゃんの照らす丸い光が少しだけ揺れる。森にお互いの影が巨大にうつる。花ちゃんは幼いけど山荘を毎年訪れているから、この闇を僕や妻よりもよく知っている。僕もごく幼い頃には同じ闇をみていたはずだ。夜になると窓に張り付く無数の蛾の腹を恐れはしたが、その向こうの闇を感じ取ることはなかった。その後、父と母が離婚して僕は母の田舎にいった。製紙工場のベッドタウンみたいなところで、そこにも闇夜というべき暗い夜はなかった。都会の夜と、この闇夜のギャップを知ってしまった女の子は、どんな風に育つのだろう。僕はなぜか、到着した夜の、妻があらぬ方に立っていた瞬間を思い出していた。それで横をみると、歩く花ちゃんの輪郭がわずかにみえる。

「あ、ここ」ぬかるんでいるから気を付けて。花ちゃんは光を足元に向けた。こんな森にも自治体のような組織があって、車が行き来できるよう、定期的に森の道に砂利を撒く。しかしなぜか、我が家の前の道だけはいつも水はけが悪い。二人で大股に飛び越えるようにして、家の敷地に入る。

家に戻ると父と奥さんは向かい合わせでお茶を呑んでいた。花ちゃんは奥の洋室に荷をほどきにいった。テーブルに奥さんが持ってきた菓子折りのような包みがある。シンクに置かれた急須を持ち上げ、蓋をとってぱんぱんと叩いてみる。二番煎じでも大丈夫そうだ。お湯を沸かし直す。

「それでね、いまどき引き取り手もいないでしょう」奥さんが父にいった。また犬を引き取る話ではないだろうな。露骨に聞き耳をたてながら、戸棚から茶わんをゆっくりと出す。

「布団ってかさばるでしょう」軽自動車だと一度に運べないのよ。なんだ、布団か。

「私ももったいながる質で、かなり長く使ったんだけどね」粗大ゴミの回収所まで運んでくれればいいというから、どうやら古い布団を捨てるのを手伝ってくれという話らしい。

（でもきっとそれは、今なお使っていて、これからも使い続けるつもりの、我が家にあるどの布団よりも綺麗なんだろうな）多分そう。脳裏で思いながら、ガスをとめる。着いた森の中は強い日差しがないから、布団は干しても干してもじめじめしていく。着いた翌日の、わずかな日の照った午前中、押入にしまわれた分をテラスの柵に干したが、妻は受け取るたびに「重ーい」といった。

「いいですよ」父はお茶をずずっとすすった。

「じゃあ、あまり遅くなる前に」お茶を飲み干し、車の鍵を持って立ち上がる。

「助かるわあ」奥さんは珍しくクレッシェンド。

（でもきっと、捨てずにもらって帰ってくるのだろうな）きっとそう。我が家の祖母はもったいながる質で、ボロでもなんでも引き取った。知人は祖母の美徳に乗じて、不要な物はなんでも送りつけてきた。父からは美徳を感じられない。祖母の頃からのもらい癖に遠心力のような惰性の力が働いているだけにみえる。今すでに押入につまっているのも含めて、この家には何人分の布団があるのだろう。

「じゃあまたね、花ちゃんもね」奥さんは弱々しくいって立ち上がる。

「ハナコ！」お客さん帰るよ！　父が急に親らしい威厳ある声で呼ぶと、花ちゃんは申し訳程度に奥から出てきて、ほとんど動いていないような会釈をした。

「あの、おさえていてくださる」奥さんの怯えた言葉の中の、欠けた目的語を考える。すぐに気付いて先にテラスに出て、ミロが飛び掛からないように紐をおさえる。

軽自動車と父のワゴンがいってしまうと僕はミロの頭を撫でた。それからすぐに家に戻り、菓子折りの包装紙をびりびりと破いた。大福だ。

奥の洋室に荷物を広げていた花ちゃんも台所にやってきた。

「鋏ある」花ちゃんは妻が置いていったジャージを手にしていた。

「ここって、切れない鋏しかなくて」そういって、台所のシンクの引き出しを開けはじめた。タグを取ろうというのか。

「それじゃなくて、別にいいジャージがあるよ」知ってる、あの小豆色でしょう。花ちゃんの笑いは苦笑いだった。とりあわない、という感じの。シンクからくるみ割りも出来るキッチン鋏――それも刃先が錆びている――を取り出して、ファスナーについたタグの紐を切った。サイズはぴったりで、僕はなにかいいたくなったが黙った。妻のだと知ると、やっぱりそうだと思った、と納得顔でいった。たまにしか会わないが、二人は姉妹のように仲がいい。

「あとでレンタルビデオ屋、調べてくれる」二人テーブルに向かい合って大福を一つずつ食べながら食事の当番を相談する。花ちゃんが今日の担当をかって出てくれたので、古いノートパソコンで検索をしてみることにする。

部屋の隅の台に置かれた電話の側までいき、膝の上にパソコンを載せ、ケーブルを差し込む。パルス式のカチカチ、カチカチ、という音がかすかに響く。それに合わせるように強い雨音が始まる。腿《もも》のあたりからアシナガグモがはい上がってきた。ジャージのファスナーをつたい、腕の裏を通って、気付けば小さなキーボードの上に移った。小さな蛾までやってきた。山荘にくる虫は、どれも迷い込んだというようなあわてふためいた動きではない。一年のうち十一ヶ月は、ここは彼らの場所だ。だから、どの虫もやってくるというより、通っていくという風だ。

薄暗い居間の隅にノートパソコンの画面が輝く。この輝きに寄ってくるのか。ふうっと強く息をふくと蛾は飛んでいったが、クモは何度息をふきかけても、強風に長い足をたわませながら踏ん張った。

仕方なくキーの上をはわせるままにして要領を得ない検索を繰り返していると、雨脚がどんどん強まっていく。川のせせらぎのようにも聞こえる。雷がなったところで検索を中止して、パソコンの電源を切ってコンセントも抜く。

モジュラーケーブルを電話機に戻すと途端にベルが鳴った。あわててノートパソコンを閉じてしまう。

「あ。すまん」思わず謝罪の声が出たが、画面の真ん中にクモはぐんにゃりと張りついている。あーあ。見回して、ティッシュペーパーの箱を探しながら電話に出る。

父の携帯電話からだ。ノイズが混じり、とても音質が悪い。

「二朗さんの菓子折り」とだけかろうじて聞き取ることができた。

「大福だったよ。あれはいい大福」と返事したあたりで電波が通じなくなったようだ。

「なにが」片手にお玉を持った花ちゃんが、台所のガラス戸をあけて尋ねてきた。

「わからない。電話切れちゃった」

「そうじゃなくて、すまんっていったでしょう、さっき」顔を半分だけ出している。

ああ。気にしないで。

「変なの」戻っていった花ちゃんの包丁の音を聞きながら、妻と同じだと思い、一瞬うろたえる。書生部屋までティッシュを取りにいく。さっきなにかいいかけたことが、だんだん言葉になっていく。ジャージをえり好みすることに異議を唱えたかったのではなかった。

妻と同じというのは、ジャージ姿が似ているということではない。二人の佇まいが特に似ているわけでもない。性格や趣味嗜好《しこう》に至っては、むしろかけ離れているといっていい。ひきぬいたティッシュは最後の一枚で、やはりなんだかじめっとしていた。

似ているのではなくて、同じなのだ。「なにが」と半分顔を出す動作が、「変なの」といって引っ込むのが、そもそもジャージを着る前の、切れない鋏しかないといったときからもうどこか同じ感じがした。

パソコンの液晶画面に張り付いた死体にティッシュをかぶせる。妻と花ちゃんが同じということでもなくて、女はあるとき、ある瞬間になると、おしなべて同じ動作をして、同じことをいうのではないか。首を半分出すときの角度や、言葉を倒置法にしたりするところまで。ティッシュを丸め、空になった箱も折り畳んでくずかごに放る。それから長椅子に横たわった。最近は疲れた父にずっと占領されていた長椅子に。そうして天井をみあげる。

同じというのはつまり、この世界にとって、今この瞬間にこの場所でそれをした人が花ちゃんでも妻でもどっちでもよかった、そういう感じだ。

そのように捉えていくと、妻の心変わりは世界の心変わりだ、そうはいえないか。僕は目を閉じた。僕はレコードの針のようなもので、小さな点としてしか世界に触れることができない。だが触れている点にたまたまいた小さな妻と世界とは、実は地続きなのだ。きつく閉じていた目をあけると祖母の肖像が視界に入る。女、それも着物の女性の肖像画が飾られるのは珍しいと思いながら眺めているうちに、まどろみはじめる。

やはり父は捨てるという布団をもらい受けてきたようだ。雨脚が強いので、家に運び入れるのは明日にするという。

父は台所のテーブルまできて

「ああっ、これ」と叫んだ。テーブルに二枚、大福の下紙が置かれている。そのうち一枚を手にとって

「食うなっていったろ！」と怒った。

「そこまで聞き取れなかったよ」

「今度、遠山さんちにいくときの手みやげにしようと思ったのに」などというので花ちゃんも僕もげんなりして顔をみあわせた。父はむすっとしながらも箱から三個目を取り出して食べはじめた。

晩飯はディナージャワカレー。一人一日一個ずつノルマとしていた桃をついに食べ終わる。

「明日はまた買い出しが必要だね」ため息混じりになる。

「ビデオ屋もね」花ちゃんが言葉を挟む。

「菓子折りもついでに買えばいいよね」助けを出してみるが、父は無言だ。

花ちゃんがきて、たしかに賄いは楽になった。人数が増えればそれだけ食料も余らないし、労働も分担される。それに若者はつねになにかしら食べたがるから、献立を考える手間もなくなった。しかし同時に、三人とも等しく怠惰な時間も分け合うようになり、だんだん昼夜が逆転していった。三人で一致団結してなにか共通のことをするでもなく、めいめいが勝手に読書やテレビや散歩に費やすのに、全員が夜更かしになった。ある意味正しいだらけた夏休みという感じ。

目覚めるのが午後になると、身体のエンジンが立ち上がるのも常に比べて遅い気がする。なにかやろうかというときは日が暮れかけていて、そうすると朝からまるまる半日を無駄にしたような気だるさに満ちる。

花ちゃんがきて五日目の明け方近くに、ついにレンタルビデオ屋を発見した。毎晩、地名を入力しての検索ではまったくかからなかったのに、貸本屋から新古書店に鞍替えした大手のチェーン店のリンクをたどっていくことで、近場にレンタルビデオ部門を併設しているところにたどりついた。

島だ！　難破船のマストの上で望遠鏡を覗いていたような気になり、僕は朝早かったが花ちゃんを起こしにいった。居間で寝ている父をまたぎ、洋室にいく。

「おぉ、すごい！」（でかした！）。画面をみながら花ちゃんもなぜか船長のような声をあげた。少し離れているが新幹線の停車する大きな駅の近くにあるらしい。チラシの裏に住所を控えた。


「ここからだとどのくらい？」その日の午後、父に尋ねる。花ちゃんは背伸びをしながら冷蔵庫の上のトースターにパンをいれていた。父は珍しくコーヒーをドリップしている。インスタントコーヒーを切らしたので仕方なく、などという。

「一時間するか、しないか。峠を飛ばせば」やかんを回すように湯を注ぎながら父がいう。

「いきたい、いきたい」常日ごろからなにかをねだるタイプではないのだが、花ちゃんは切実そうに主張した。父はしばらく無言でフィルターの中をのぞき込んでいる。

「ビデオデッキあるの」前から気になっていたことを尋ねてみる。

「ないね」やっぱり。

「えぇっ」花ちゃんは悲痛な叫びをあげる。前のがあるっていったじゃない。いってないよ、そんなこと一度も。いったよ！

しばらく押し問答をした後で、花ちゃんは昼から洋間にこもってしまった。勢いよく扉をしめる音が狭い家屋に響き渡る。

　程なくして、洋室からアップライトのピアノで練習をする音が聞こえてきた。気を紛らわせようとしているのか、怒りをぶつけているのか、ずいぶん丹念にひいているようだ。父は意に介さずに、居間の長椅子に寝ころんだ。二人とも譲る気配がない。寝そべって、よれたTシャツの中の背中をかく父をみて何かいうべきかと考えたが、僕の心にはみるみる遠慮が湧き起こっていた。他人の家の子育ての方針に口を挟んではいけないような気持ち。それよりも健康診断にいってみれば、というべきかどうかが脳裏に浮かぶ。妻にいわれてからずっと、なぜそれをいえないのか考えていた。そもそも妻にいわれるまで父の健康を案じたことがなかった。今も心配なのに、親身になることができない。幼い時分の離婚に伴い、中学高校と離れて、大人になるまでともに暮らさなかったせいか。健康診断にでもいったらどう、という簡単な提案を、口の中でのみこんでしまう。

　父はその表情を花ちゃんに対してのコメントを求められていると思ったようで「反抗期なら、家でやってくれよ」わざわざ山の上まで来て反抗期するなよな、といった。

　父はそばの座卓に手を伸ばしてコーヒーばかり飲み、どこまでも覇気がない。昨年はまだファミコンの麻雀をやったりしていたのだが。

「しまった、爪切り借りてから喧嘩するんだった」父は膝を曲げ、足指を手でさわりながらいった。鋏だけでなく、山荘の爪切りはどれも切れ味が鈍い。花ちゃんの大きな荷物には快適に過ごすための日用品が詰まっていたのだ。

三時になったのでコーヒーをもって洋室をノックしてみると、まだ反抗期しているようで、意地のようにまたピアノを弾き始めた。天の岩戸になってしまったか。父は居間で二朗さんの奥さんの大福をもぐもぐやりながら高校野球をみている。僕も書生部屋にこもって自分のことをすればよいのだが、二人のムードが悪いせいもあってか落ち着かない。文机の前に座っても子供のころにもう何度も読んだ「いじわるばあさん」かなんかを手にとって読みふけってしまうし、パソコンを開いたとしても、埒《らち》もないネットの検索にかまけるだけだ。

仕方ないので、少し早い時間に一人でミロの散歩に出る。最近は雨続きだったので道は家の前でなくてもぬかるんでいるが、今日は珍しく森の中まで日がさんさんと照っていて、暑気を感じるほどだ。東京のあたりは久々の酷暑に違いない。これは是が非でも夕方のニュースで関東地方の気温を確認して優越感に浸らなければならない。ミロは土の道の轍やくぼみにできた水たまりの、そのすべてに入りたがった。

いつものように舗装道路を渡ってレタス畑までいき、それを横目に砂利道を進む。遠く浅間山の火口から煙が出ているのがみえる。晴れた空にのぼる煙は雲に似ている。幼いころ、工場の煙突の煙が雲になるのだと嘘を教わって、しみじみと遠くの煙突をみつめつづけたことを思い出した。

自転車に乗った女の子が現れる。彼女も携帯電話のクチだろう。レタス畑の合間にある畦のような小道に入っていった。あのへんでなぜか携帯電話のアンテナがたつのだ。昨年もそこでメールをやりとりする女の子をみたが、みかけるのはいずれも女性ばかり。女はこういうところまでわざわざ来ることに、便利さとは別の楽しさを見いだすのかもしれない。それとも口コミというのは女の間でしか広まらないのか。

レタス畑は途中で別の作物に変わっていて、それがなにかは分からないがグラデーションになっている。遠くに小山がいくつか出来ている。取り入れの終わったトウモロコシかなにかの茎が積んであるのだろうか。

少し前のことを思い出す。妻の滞在中、一度だけ二人でミロの散歩に出たのだった。今日と同じようにレタス畑まできた。突然開けた広大な景色に妻はしばし立ち止まった。まだ小山はなかった。

そのときにも、遠くから自転車を漕いでくる女の子がいたのだ。

「なにやってるんだろう」誰かに敬礼するように、レタス畑のうんと遠くで佇む女の子を妻は不思議そうにみている。空は今日と違い、曇っていた。

あそこで携帯電話のアンテナが立つことを妻は知らない。ここのところ秘密を持つのは向こうばかりだったが、この場では違っている。聞かれてもシラをきろう。そんなことを思っていたら横にいた妻がするりと腕をからませてきた。

僕は驚き、あわてて腕をふりはらってしまった。

「なに」

「別に、そんな汚いものをみる目でみなくても」と妻はちょっと笑って、困った男の子みたいに頭の後ろを軽くかいた。

僕は「なに」という言葉のあとがつづかなくなってしまった。向こうからきた女の子は自転車に乗り直して砂利道に戻り、こちらにやってきた。

「こんにちは」とおそらく学校で見知らぬ人にも挨拶しろといわれているらしい、義務的な抑揚の挨拶をして、さっと通り過ぎていった。妻もつられたようなこんにちは、を口にした。

選択。一瞬で、分かれ道の一方を選ばされた。どんな選択だったのかまったく分からないのに、選択したという感触が今なお右腕に強く残っている。

あのとき妻はどんなつもりだったのか。その瞬間のことを思い出しながら、腕をからませてきたわけを考える。そんなに簡単に僕が自分を許すと思っていたのだろうか。あるいは彼女にしてみれば、僕に許される必要があるという気持ちなど少しも抱いたことがないのかもしれない。単に「もう一度やり直してもいいよ」と合図を送ったのではないか。彼女はもしかすると、一番いいシチュエーションで腕をからませる、そのためだけにこの山荘に来たのではないか。

(間違うなよ。おまえが俺を許すのではない、俺がおまえを許すのだ)。そう思おうとしたが、目前で悲しそうな笑い顔をされると、やはり動揺する。気持ちはいつだって目前のことにすぐ左右されてしまう。

不意にミロに強く引っ張られ、いつもはそれでも引っ張り返すことが出来るのに、よろけて地面に膝をついた。

僕が振りほどいたから東京に帰ったのだろうか。振りほどかなければどうなったのだろうか。

分からないが、とにかく選択だった。選択してしまった。どうしようもなかった。日頃から人生は選択の連続のようにみえる。だけど本当には選択できる機会なんて、ごくわずかなのだ。大抵は、否応なく選ばされる。そのことだけはさすがに三十年近く生きて、もう知っている。

膝についた小さな砂利をはらい、立ち上がった。（おまえが俺を許すのではない、俺がおまえを許すのだ）。もう一度、心にすりこむように思う。帰りはなぜかミロよりも勇ましい気持ちになって、早足で大股になった。大槻ケンヂが「戦え！　何を!?人生を！」と百回くらい叫び続ける歌を心の中で思い返しながら歩く。たしかあの歌は「才能の枯れた奴がいた」ではじまる。才能のないかもしれない奴はどうしたらいい？　ミロと競走するように早足で歩いてみる。マラソンの出だしだけ速い子供のような、無理なペースで飛ばして、すぐにばてる。

帰宅すると、父がテラスに立っていた。ジャージの上から小さな鞄をさげ、書生部屋の黴みたいな色の、どんぐりのかさみたいな形の帽子をかぶっている。

「ビデオ借りにいくことになった」ミロの鳴き声で、花ちゃんが餌の入った鍋をもって出てきたが、その花ちゃんももうお出かけの格好をしている。勝利者の笑み。どんな逆転があったのか。

遠山さんからの電話に花ちゃんが出て、ビデオデッキありますかと自ら尋ねたのだ。あるわよ、とりにいらっしゃい。遠山さんならそういうだろう。ない場合ならともかく、あれば虫取り網を貸すように気安くいうに違いない。父も遠山さんが間に入ったことで観念したようだ。

車は森を抜け、県道を走る。いつもの駅とは逆方向にいく。方向は違えど、やはり山を下ることに変わりはない。いざ出発してみると、ハンドルを握る父はもう憮然《ぶぜん》とした表情ではなくなっていた。花ちゃんもずっと勝ち誇った顔をするわけではなく、ウォークマンのヘッドホンをして窓の外をみつめている。置いていくと吠えるので荷台に乗せたミロは寝そべっているらしくて助手席からでは姿がみえない。

長野新幹線も停まるだけあって駅前はそれなりに栄えていた。歩道も人通りが盛んだ。一昔前はタレントのグッズを扱う店が軒を連ねていたのが、今は様変わりして、天然の酵母が売りのパン屋、有機栽培の紅茶の専門店などがみえる。ウェディングドレスの店まである。駅前の交差点が赤信号で停車すると、後部座席の花ちゃんは手前の店に目を輝かせて「ラッシュだ」とつぶやいた。聞けば、石鹼の専門店だそうだ。

「センスセンス、か」僕はつぶやく。しかし駅前を少し過ぎると店並みはどこかくすんだ色合いに、屋根は瓦になり、店と店の間隔もあいていく。件のレンタルビデオ屋は駅から二つ目の十字路を左折して、二つ目の信号の手前にあるはずなのだが、そもそも二つ目の信号がなかなか現れない。

「大体さあ、駅から二つ目の道ってのは、どういうことなの」駅前の、線路と平行にある通りを一つ目と数えるの。それとも、駅前の通りから出発して一、二と数えるの。

分からないので黙っているとそこの交番で尋ねてきて、と路肩に停車した。降りれば久しぶりに感じる蒸し暑さ。遠くにカラスの声をきくのも久しぶりだ。のびをして、交番に入り道を教わる。まっすぐ。このまま。駐在の説明はシンプルだった。人差し指をまっすぐ交番の壁に向けてさした。ゴー・ウエスト。西部劇のような感じ。

道路脇の車まで歩いて、馬にまたがるようにワゴンの助手席に戻り、まっすぐ、このまま。いわれたままを告げ、大きく人差し指を前に出す。

「ほんとう?」

道はあっていたようだ。ただ、信号の間隔がやたらと長いというだけだった。

「大陸的な移動だな」父はいって笑った。レンタルビデオ屋には本屋もくっついていた。「本」と大きく書かれた看板が道沿いに立っている。店内の照明も明るい。

父はすぐに本のコーナーにいった。花ちゃんは挑むような顔でビデオのコーナーに。僕は少し迷って本の方へ。久しぶりに踏む、人工的な床。気持ちが浮き立っているのが自分でも分かる。東京で読んでいた雑誌をぱらぱらと眺める。ベストセラーのコーナーに「話を聞かない男、地図が読めない女」が平積みになっているのを手に取り(実際には逆だよ)すぐにもどす。

遠山さんのエッセイ集が「地元の作家コーナー」に、やはり平積みになっている。ジャージの父がそれを手にとってみている。きっと奥付の刷り数を確認しているのだろう。トイレに入る。小便器に近づくとセンサーが反応して、用を足す前に水が流れ始めた。液体石鹸や、脇の掃除当番表におざなりなサインが連なっていることまでいちいち懐かしくみえる。鏡の中の不精髭をさすってみる。Tシャツの端に濡れた手をこすりながら出てくると、花ちゃんがその裾をつんと引っ張り、オススメしてくれというのでビデオコーナーも巡る。花ちゃんの手には紙片が握られていて、みせてもらうと、それは様々な友達や知人が勧めてくれたビデオのリストだった。

「パルプ・フィクション」「交渉人」「マトリックス」などは分かるが、「エデンの東」「惑星ソラリス」「トリュフォーの思春期」など、どう考えても花ちゃんの世代ではない人の推薦も混じっているらしい。

「この、一番最後の『マタンゴ』を薦めたのは誰？」社長だよ。ああ。中学二年生にどの程度の理解力があるのか、推薦した誰も考えていないようだ。僕もなにを薦めてよいか分からない。自分が中二のときといえば「スペースバンパイア」というホラー映画を観にいった。しかし今その映画について憶えているのはやたら脅しの利いた音楽だけだ。

「ねえ、おすすめして」花ちゃんにとっては、単に映画をみるということだけでなく、誰がそれを薦めたかという情報を踏まえることも、楽しみの一部であるらしい。

「そうだなあ」いいながら妻と二人でビデオ屋に通ったことを思い出す。週末になると二人で出かけて、お互いに好みの映画を一つずつ選んだ。大学の近所にあるビデオ屋は大抵品揃えがいいのだと妻はいった。チェーン店ではない、駅の反対側のうらぶれたビデオ屋まで歩くと二十分以上かかった。七泊八日の料金で借りるのだが、お互いに忙しくて返却は八日目の、それも閉店間際になることもしばしばだった。夜遅く、二人で踏切を渡って返しにいった。一人でいくこともあった。見送る妻はいつも玄関でごめんね、といった。いいよ、大丈夫。僕は一人で返しに出かけるのもそれなりに嬉しかった。なにか頼られる機会など、共に暮らしていてほとんどなかった。

妻がみつけだしたビデオ屋と面積はそう変わらないはずなのに、この店の品揃えは貧弱だった。

「イギリス」「フランス」「イタリア」などと国別に分かれていたのが、ここではヨーロッパどころか「名画」で一緒くたにされている。キューブリックは「アイズ・ワイド・シャット」しかないだろう、ジャン・レノは「レオン」しかないだろう、侮りながら棚を眺めていくと、いちいちその通りだ。映画の目利きになったのか、ビデオ屋の目利きになったのかこれでは分からない。

「これ、二人でみた映画でしょう」花ちゃんは僕と妻が初めて一緒に観た「イル・ポスティーノ」のパッケージをつかんだ。

「なんで、そんなこと知ってるの」いつか、妻から聞いたらしい。もうパッケージからテープを取り出している。

「借りるの、それ」

「観たいもん」面白いんでしょう。まあね。それで、新婚旅行を舞台となったイタリアのカプリ島に決めたほどだ。

「それよりこっちにすれば」僕はオススメの紙を指差していったが、取り合わないだろうと分かっていた。

「やめようよ、それは」それでもいってみる。なんで？　なんでといわれると困る。あまりうるさくいって、変に思われるのもまずい。ビデオをかけている間、僕は書生部屋にこもっていればいいだけの話だ。

「もう一本、なににしようか」

「お父さんにも聞いてみれば」僕は花ちゃんに対して父のことをいうときだけお父さんと呼ぶ。普段は、ねえとかちょっととと呼称を避けて呼んでいる。

花ちゃんは雑誌のコーナーに移っている父のジャージの裾をさっきと同じようにひっぱった。父は振り向いて、やはり
「遠山さんの新刊、もう五刷だって」といった。

カウンターの女に「カードをお作りしますので身分証明書をお願いします」と妙にすんだ声でいわれたとき、父はえっと声を出し、引き返しそうにすらなった。父はカードをつくるのが嫌いなのだ。

「君、つくれ」えっ。身分証明ないよ。僕まで取り乱して両手を大げさにふってしまう。

「じゃあ、花ちゃん」けしかける口調だ。ええっ。花ちゃんは父の取り乱しようが理解できないみたいだ。困った顔で僕のほうをみた。僕にはなんだか分かるのだが、花ちゃんにはうまく説明できない。仕方なく父をみる。父は観念したような顔で、車の中の鞄から免許証もってきてといった。

結局オススメの紙の上の方に書いてあった「パルプ・フィクション」と「交渉人」と「イル・ポスティーノ」を借りる。

「さっき、身分証明っていわれたとき、引き返しそうになってたよね、お父さん」車の中で花ちゃんが面白そうにいった。

帰りの山道で霧が出た。コーナーごとに設置された無数のランプがまがまがしいほどの光を発しているが、それすらも心もとないぐらいの濃霧だ。

「こんなときに猪でも通った日には」アウトだね。アウトアウト。

「しかも、ビデオって借りたら返しにいくんだぜ」ごめんなさい、花ちゃんが小声になった。腕にレンタルビデオ屋の袋を抱えている。父はなんでもなさそうな表情だが、スピードメーターをのぞき込むと三十キロも出していないから、やはり用心しているようだ。それでもカーブの対向車線からヘッドライトの輝きがぬっと現れるとそのたびにひやりとする。

恐縮していた花ちゃんだったが、無事に峠を越える頃にはビデオの袋を抱えたままで寝息をたてていた。

「よく寝る人だね」バックミラーに寝顔が映っている。かっこいいジャージのファスナーを一番上まであげ、エリを立てて顎を隠すようにして、そして目は閉じられ、身体は傾いている。

「毎日、夜更かししてるみたいだから」東京の家でも部屋にこもって、なにやら書いたり読んだり聴いたり、しているらしい。

「なにを読んだり聴いたりしてるのさ」

「教えてくれないんだ」父は首を傾げながら
「やっぱり友達いないのかなあ」とつづけた。たしかに、夏期講習を中断して家族の、それも男二人と過ごす日々を選び、一夏に四十本映画を観ることを自分に課している中学二年の女子は少ないかもしれない。

「大丈夫だよ」僕はいった。

「ずいぶん自信たっぷりに請け合うね」

「根拠はないけどさ」なんだ、と父はいった。夜の闇に包まれながら、その闇の感じを手に掬《すく》うようにして他人に伝えられない。そのことを嘆いたことが根拠といえば根拠なのだが、それがなぜ根拠になるのか、自分でもうまくいえない。

車は森の道に入る。夕日が木々の向こうで輝いているのが分かる。花ちゃんはまだ起きない。父の運転はとても上手だ。急発進も急停車もない、静かな運転だ。濃霧の中でも、落雷の中でも、口ではいろいろいっていたが父は落ち着いていた。花ちゃんはまだ、いろんな人の運転する車に乗らないから、父の運転の上手さを知らないだろう。まっすぐ遠山さんの家へと向かう。広大な敷地に入ると川の音が近くなる。

呼び鈴を押す。父は菓子折り買うの忘れた、とここにきて舌打ちをした。そのかわりとでもいうように帽子をとって手に持った。花ちゃんは眠そうに目をこすった。

「あら、あなたたちね、きたのね」遠山さんの家は斜面に建っていて、入ってすぐに階段を降りる。降りたのに地下ではなく居間があり窓から庭がみえると、斜面にあるという合理的な説明があってもなお、不可解なような楽しいような気持ちにさせられる。

「今年は出るのよ」遠山さんは我々のよもやま話の中でも猪の出現に強く反応した。近所に住む農家のおじさんもいっていたという。近隣の農家が動物よけの電熱線の柵を一斉に導入してから、大移動があったらしいのだ。

おじさんは真昼間、トラックで移動中に道を遮られ、しばらく車を停車して待っていたが、ずいぶん列が長いので途中から数えはじめて、それで二十まで数えたから、四十頭はいただろうと。

「それ、いつのこと」遠山さんが出してくれたお茶を父はがぶりと飲んだ。ビールがよかったかしら、とかお腹減ってるでしょう、とかなんとか呟きながら、台所のあたりと居間とを緩慢に行き来した。ちょうどおじさんのくれたモロッコいんげんがあるわ。遠山さんの家は冷房があるわけではないのにひんやりと涼しい。きっと近くに川があるからだ。

「何日前だっけか」

「でも多分、そのころだね」我々がみたのは、その群れから遅れた親子だろう。

「おしっこの切れが悪いみたいなもんか」父がいった。昔、猪を撮ったときも親子一緒だったとつぶやくと、花ちゃんが大きな声でえっといった。

「お父さん、猪をとったの」

「撮影したってことだよ」こうみえても、豊かな大自然専門のカメラマンだったんだから。ええっ。花ちゃんはさらに大きな声をあげた。

壁際のAVセットからビデオデッキを取り外す。メカは君に任せた、とかいいながら、父は大きないんげんに薄く衣をつけた天ぷらを無心に食べている。いかにもおいしそうだ。花ちゃんはビデオが気になるようで出された皿に手をつけずに取り外し作業をみている。

遠山さんは「まだ使えるのかしら」などという。壁ぎわのテレビ台をずらして、黄色と赤と白、三色のケーブルをひきぬく。遠山さんは台所の入口のあたりで腕組みをしながらこちらを眺めている。大丈夫です、と首をのばすようにしていうが結界があるみたいに近づこうとしない。ずいぶん重い、頑丈そうなデッキだ。

「うまい、なんてうまい」父は僕の分をとっておく気がなさそうな勢いだ。

「彼のすごいところはね、それをどう料理して食べるのが最適なのか、そこまで考えているところ」それはもういよいよオタクだな。父は笑いながら、出されたのをすべて食べてしまった。あなたたちのもすぐに揚げるから。遠山さんは涼しそうにいった。ねえ、大自然の写真を撮っていたの？　花ちゃんは話を戻した。釈然としない顔をしている。そうだよ、ムササビの撮影で脚の骨を折るまで。

「ムササビ？」眉間に皺が寄っている。花ちゃんは、たまに週刊誌でアイドルの水着グラビアを撮る父しか知らない。尋ねる花ちゃんの声に抗議する響きがあるのはなぜだろうか。水着などではなくてそういう仕事をしていてほしかったということか、それとも単に教えてくれなかったのがみずくさいということか。

　ビデオを持ち上げて廊下を歩く。猫舌の花ちゃんがやっと天ぷらをかじったらしい声がする。むやみに焦りながら、玄関で靴を履くためにいったん置く。

「古いやつだけど、大丈夫」遠山さんはまだ距離を保ったまま、両手でデッキを抱えて歩き出した僕に声をかける。

「映らなくてもこれのせいじゃなくて、うちのテレビですよ」昨年かおととしに埼玉の量販店で買い換えた格安ビデオデッキの、あの軽さはなんだったのだろう。中に何が入っていたのだ。片手で腰をつかいながら持ち、扉を開ける。

「そういえばこないだの車は」帰り際に尋ねてみる。

「ああ、ジュアグァね」遠山さんの発音も変だ。変だが、遠山さんの口から出ると、その方が正しいような気がしてくる。

「あれは息子の車」

「じゃあ、息子さんの運転で」父は運転手の男の方が気になるらしい。

「そうよ。もう帰ったわ」友達が合流して、近場でキャンプかなにかしてるみたい。

遠山さんは、尋ねればなんでも明快に答えてくれる。謎めいた存在にしたがっているのは父だけだ。これは「ごっこ」だ、と最近は思うようになった。遠山さんを勝手に想像してあやしむ「ごっこ」。だけど、そういうごっこをしたくなる感じ、これは遠山さんから醸し出されているのだ。

だから父は、帰る際には丁重に礼をいうし、来年もきっと今年や去年と同じように遠山さんのお世話になるだろう。昨年につづいて薪を分けてもらって帰る。

「天ぷらおいしかった」車が発進して、広い遠山さんの敷地を抜けようというころになって花ちゃんが小声でいった。きっと心底おいしかったのだろう。稲光に遅れる雷鳴のように、言葉が少し遅れてやってくることがある。

「大陸的な感慨だな」父はいった。舗装道路に出ると路面が濡れている。また雨になったのだ。

いつも父と僕が天気予報をみて一喜一憂していた古いテレビとは別に、洋室にある小型テレビを居間まで持ってくる。八十年代にやたら流行したパステルカラーの丸っこいテレビだ。リモコンをなくして、ブラウン管の下の、小さな押しにくいボタンで操作しなければいけないらしい。プラスチックが長年かけて挨をすいつけて、くすんだ緑色になっている。背面には黄色と白の二本しか差すところがなかったが、どうやら映るようだ。花ちゃんは急に張り切ってお茶を用意して、明かりを消し、ぺったりと平たい座布団を叩いてふかふかにしようとした。その準備も妻と同じような感じで、しかしさすがにもう怯まなくなった。

一緒にみてと懇願するのは子供らしい。父は長椅子に寝そべったが、真剣にみる気はなさそうだ。

「花子、爪切り」という。もう、といいながら、花ちゃんは急いで部屋から爪切りをとってきた。長椅子の傍らのスタンドをつけ、父は足の爪を切った。

小さなボタンを爪で押して、カタカナで「ビデオ」と角ばった文字が出るチャンネルにあわせ、やっと「パルプ・フィクション」をみる。これも前に妻とみた。同じように明かりを消し、お茶を煎《い》れてからみた。そうやってこれまでたくさんの映画をみてきた。「パルプ・フィクション」は様々なエピソードが積み重なっていくが、クライマックスではじめの場面につながるのだと気付いて、小声でそういったら喧嘩になった。すでに知っている筋書を喋ったわけではない、予想しただけだからいいではないかと抗弁したが、妻はいつまでもむくれていた。

今回は言わずにいようと思ったのだが、ラストシーン間近になって、それまで寝ていると思っていた父が「なるほどね」とつぶやいたのでひやっとした。父はつまらなかったら寝るつもりでいたのだろうが、集中してみていたようだ。

花ちゃんは自分が一番かぶりつきで観ていたくせに「どうだった、どうだった」と、外で待っていた人みたいな旺盛さで感想を求めた。リワインドの静かな音の響く中、三人でお茶をおかわりする。

「よかったよ」

「よかった」

「ギャングの恋人がよかった」小さくて。父がいった。ユマ・サーマンのことだ。

「あのピアスだらけの女もよかった」僕もいった。

「『ダイ・ハード』の彼女もよかったな」父がいう。

「『ダイ・ハード』のって、ブルース・ウィリスね。ああ、あの子もよかった」我々の「パルプ・フィクション」は女だけか。だが花ちゃんはふんふんと頷いている。

「お父さんの、さっきの『なるほどね』ってなにがなるほどなの」花ちゃんが鈍くてよかったと思う。だが、あんな喧嘩は額面にすれば一円や五円のようなものだ。どれだけ注意して減らないようにしても、結局は一円や五円の節約にしかならない。いきなり数百万単位の取り合いになったら、そんな節約は役に立たない。

「次はどっち観る」もう寝るよ。父は長椅子の上で布団をかぶってしまった。

花ちゃんがそれでも二つのビデオテープの、それぞれに小さな字で書かれたスタッフやキャストを子細にみていると電話が鳴った。

「はいもしもし」起き上がって父が取り、すぐにトーンが落ちる。遅い時間の電話だからもしかしたらと思ったら、やはり訃報だった。

花ちゃんのピアノの先生が亡くなったという連絡で、父の奥さんからだった。電話口をおさえて父が教えてくれた。

「分かってるよ」分かってるって。再び電話口で、父は何度か声を荒げた。花ちゃんは無言だった。僕はビデオデッキから大袈裟な音と共に出てくるテープを、レンタルビデオ屋のケースに収める。立ち上がって、明かりも点けた。

「花子どうする」帰って、先生のお葬式いくか。悲しみをどこまで形にしていいかどうか、大人でも考える場面だ。だが花ちゃんは迷わずにいく、といった。じゃあもう今日はもう夜更かししないで寝なさい。父がいうと、すぐに従った。

翌朝、朝食をすませて急いでみる「交渉人」はまるで落ち着かなかった。「パルプ・フィクション」と同じ役者が主演しているのだが、花ちゃんは気付いていないみたいだ。「イル・ポスティーノ」を観ずにすんでよかった。屋根の上を父の歩く音がする。昨年買った熊手で屋根にたまった葉をかきあつめているのだ。体育座りで、やたら爆発したり叫んだりするビデオをみながら、時折頭上をみあげた。

父は父で仕事の依頼があったらしい。やれやれ、と言い方こそ面倒くさそうだったが、きっと意に適《かな》う依頼だったのに違いない、どこかやる気に満ちた表情になっていた。花ちゃんを東京まで送って、仕事をすませてまた戻って来るという。

「なんの撮影」

「ん。それが動物なんだよ」

「大丈夫？　体力あるの」どうだろう、と父は首を傾げた。ムササビを走って追いかけて骨折したのはいつのことだったか。テレビ番組の企画で、ムササビの滑空場面を追いかけて撮影するという、一見真面目なドキュメンタリーのようで、よく考えれば馬鹿みたいな話だった。動物写真はもううんざり、とそれきり動物からは遠ざかっていたのだが。

「花子がね、その方が肩身が狭くないみたいだから」父は仕方なさそうにいった。花ちゃんは、たくさん荷物を持ってきたのに、また来るのも大変だから今年はもうこのまま帰ると決めたようだ。

僕は残ることにした。初めて山荘に一人で暮らすことになる。

花ちゃんは最後にミロの散歩をしたいというので、午前中から二人でまずレタス畑に向かう。二人横並びで畑の景色を眺める。ミロは引っ張って畑の中に進もうとしたが、こちらが動く気がないと知るとやがてあきらめた。よく晴れて、畑の遠くの方まで見渡すことができる。トウモロコシ畑の端にみえるのがどうやら電熱線の柵らしい。小山が増えて塚のように並んでいる。

また計ったように、女の子が今度は二、三人で現れて、まじで、とか本当、などと口々に言い交わし、携帯電話を取り出しながら畑の間の小道を進んでいった。散々はしゃいでいた女たちだが一瞬、敬虔《けいけん》そうに静まり返るのだけはこれまでにみた光景と同じだった。

僕は思わず右腕の気配を研ぎ澄ませていた。花ちゃんが、僕に腕をからませてくるわけがないのに。

「ピアノの先生がね」花ちゃんは前を向いたままいった。腕をからめてこないかわりに
「死ぬんじゃないかって思ってたの」といって、やはり僕はぎょっとさせられた。

「とてもいい先生で、好きなんだけどね」花ちゃんはよく考えながらしゃべる。

「あのね、こないだ急にね」小道で立ち止まった女の子達は、めいめいうつむきながら佇んでいた。きっとメールを打ち返しているか読んでいるのだ。僕も花ちゃんも視線はそこに向けていた。

「こないだ急に、気付いたんだ。先生がぼけてるって」ミロがまたじれて引っ張る。

「同じページを何回も開いてね。同じことを何度もいうんだ」復習させてるんだろうって思ってたんだけど、こないだ先生、それはもうやりましたよって遮ったら、きょとんとした目でみられたの。デ・クレッシェンド。花ちゃんの声は尻すぼみになった。レタス畑に風が吹いた。まだ夏の盛りなのに、秋を思わせる瞬間が一夏に一度はあるが、そんな風だった。

「そうか」そうか、としかいいようがない。花ちゃんは別に相談をしたわけではないらしく、そうなのとだけいった。

女たちが、さんざめきながらゆっくりと道を引き返し、挨拶もなく通り過ぎていっ

た。そのときもずっと携帯電話の画面を開いたまま片手に携えていたから、花ちゃんにも彼女らが畑の真ん中で何をしているか、把握できたようだ。

花ちゃんは自分も携帯電話を取り出した。友達の少なさを親に心配されていても、携帯電話は持っているのか。花ちゃんの携帯電話は父のとは別の会社のものだった。

「お母さんもちがうよ」尋ねるとそういった。

「いってみようか」僕はミロとともに小道を先導した。

「あ、立った立った」やはり畑の真ん中でアンテナが立つというのは格別に嬉しいみたいで顔がほころんでいる。花ちゃんは自分の用事をなにか入力している。僕と妻も違う会社のものを使っている。全員がばらばらの一家だ。携帯電話会社のテレビコマーシャルで、携帯を活用して絆を深めあう家族達に辟易《へきえき》していたので、僕は嬉しくなった。

「今日はミロのいきたい方向にいかせよう」花ちゃんは満足げに頷いて、携帯電話を折りたたんだ。

　再び森に戻り、ミロのいいように歩かせる。やはりミロはどの水たまりも逃さずに入りたがった。遠くで聞こえていた水の流れる音が間近になってくると、ミロは自然とそちらに足を向けていく。脇にそれた坂道を下っていくと滝がある。坂は狭く、何度もジグザグに折れ曲がり、大型犬に引っ張られて下るには急なのでこれまで犬の散歩で来たことがなかった。今年は去年よりは丈夫な靴だし、踏ん張れば大丈夫だろう。

　おっかなびっくり坂をくだると滝がみえた。滝といっても僕の背丈くらいのもので、特に名前などもないらしい。子供の頃はよく遊びに来ていた。川岸の砂利を、ミロは猛烈な勢いで掘り始めた。前足で蹴る土が時折こちらに飛んでくる。

「昔、この川でタオルを落としたよ」僕が母と田舎で暮らしていたころに、幼い花ちゃんはここで父と奥さんと遊んでいた。

「あっと思ったら、手をすり抜けて、すごい速さで流されていった」花ちゃんにも振り返る「昔」があるのだ。ミロの飛ばしてくる土塊を手ではらいながら、川を眺める。

「なんかこう、薄情な感じの速さだった」それでお母さん怒って。怒るんだけど、お父さんがどうでもよさそうだからもっと怒ってさ。

「分かる、目に浮かぶよ」

「ねえ、お父さんとお母さんは、これからどうなるんだろう」ん。ボニーとクライドは、パズーとシータは、映画の中のカップルをいうみたいに花ちゃんは不意にいった。

「仲悪いの?」訊いてみる。

「仲悪いのかな?」花ちゃんも僕の顔をのぞき込んで尋ねてくる。

「分からないよ」僕は一緒に暮らしていないんだからね。

「一緒に暮らしていても分からないよ」花ちゃんは前に向き直っていう。

「分からないよね」

「分からないの？」うん、分からない。そういうと花ちゃんは笑おうかどうしようか迷ったような顔でうつむいた。

「もしも私が家出とかしたらさ、家に泊めてくれる？」

「いいよ」四コマ漫画の中のマスオさんのような軽い調子でイイヨ、イイヨと二回くらいいった。なぜかミロがこっちを向いた。穴掘りは飽きたみたいだ。

森の道は碁盤状だから適当に歩いてもときおり番地を確認すればよい。そう思っていたら、迷った。碁盤状ということを過信していた。実際の村は真四角の碁盤型ではないのだから、端のほうにいけば道が曲がったり途切れたりして別の区画に入り込むことだってある。そりゃそうだと思いながらつい油断したら、付近の別荘の表札に記されているのがまったく違う町名の番地になっていた。

「あらぁ」もう一時間以上は歩き続けている。

いつも先頭を引っ張るミロが不意に横倒しに寝転がってしまった。疲れたミロの姿を初めてみて、こっちまでうろたえた。

「おいっ」しっかりするんだ。思わず出た僕の声は森にこだました。

「おーいっ」花ちゃんの声もこだました。

日が少し傾いてきたように思う。紐を引っ張るとミロは仕方なさそうに立ち上がった。どこかで道を尋ねよう。周囲を見回す。どの別荘も静まり返っているが、庭にロープを張って洗濯物を干している一軒をみつけて、呼び鈴を押す。夏休みの、子供のような気持ちが甦《よみがえ》る。

「あらあら」出てきたのが親切そうなおばさんでよかった。

「地図があれば、みせていただけませんか」あと、犬に水をもらえませんか、花ちゃんが付け加える。

その家の庭の散水用の水道にミロはかじりついた。さっき川であんなにがぶがぶ呑んだくせに、意地汚いくらいの勢いだった。おばさんはまさに夏休みの迷子の子供をみるような目で我々をみて、微笑んだ。

おばさんに教わったとおりに散々歩いてやっと舗装された道路まで出た。とりあえず道路沿いに歩きつづければ、いつもの森の道に戻ることができる。道沿いの看板に「湖→」とあるのをみて花ちゃんがため息をついた。車でも家から十分近くかかる湖だ。少し歩いてみつけた電話ボックスに走りよる。財布を取り出すが小銭がない。ないことは分かっていたが、カード入れをみてみる。やはりテレホンカードはなくて、代わりにプリクラが滑り出てきたので、あわててしまう。

「テレホンカードか小銭ある？」花ちゃんが小さな財布からテレホンカードを出した。久しぶりにカードを電話機に滑り込ませる。数字の赤い表示もなんだか懐かしい。父は七回目のコールで出た。

「湖の方まで来ちゃったよ」電話ボックスの外では花ちゃんが疲れた顔で立っている。ミロは立ち止まっていても舌を出している。重い受話器をフックにかけ、ボックスから出てうなじをかいた。

「まあ、これも夏の思い出ってことで一つ」そうだね。花ちゃんは元気なく笑った。財布から出てきた八枚つづりのプリクラを手の中で眺める。なんて幸せそうな二人なんだろう。

「プリクラ？　みせて」

「駄目」なんで。みせてよ。花ちゃんは笑いながら、細い手をのばしてきた。僕も笑ってかわしながら、背が伸びたなあとあらためて思う。油断していると、さっと奪われてしまいそうだ。

「駄目だって！」僕は有無を言わさずに手の中で握って、ガードレールの向こうに放ってしまった。花ちゃんがあっと声をあげる。

「照れくさいから」

「みたかったのに」花ちゃんは残念そうでもあり、僕の行為の奇抜さに虚をつかれた風でもある。

ワゴンは間もなくやってきた。ハッチバックを開けてミロを荷台に乗せ、何事もなかったような顔をして、やあやあという感じで助手席に乗り込む。

車が走り出してから電話ボックスのあたりを振り返る。気持ちはまだまだ執着しているのに、その象徴たる物体だけは捨ててしまった。またしても選択だった。捨ててしまうと、それは惜しくもなんともないのだが、執着まで綺麗に捨ててしまえたという気はしない。かといって、執着がより強固なものとして意識されたわけでもない。とにかく、花ちゃんが叫んだのと同じに、あっと声をあげたい、そんな感じだ。

父が屋根から落とした葉はテラスと、その周囲に散っていた。僕はテラスに落ちた分をほうきで外に出し、その外側で花ちゃんが熊手でかき集めた。

そうしていると遠山さんが現れた。麦藁帽子をかぶっている。ビニール袋にあのおいしいいんげんと、トマトとゴーヤーを持ってきてくれた。礼をいって受け取る。

「でももう二人は帰るんですよ」あら、どうして。遠山さんはカメラを携えていた。

昨年、父に修理を依頼していたカメラだ。また壊れたのか。

父と花ちゃんがワゴンに積む荷物を持って家から出てきた。

「葬式とかいろいろあって、あと久しぶりにいい仕事の依頼があったんで、いったん帰ります」

「あら、そうなの。これ、おかげさまで調子いいわ」一度、写してあげようと思って。

「それでわざわざ歩いてきたんですか」そうよ、並びなさい。いわれるまま父と二人表に出て、花ちゃんの横に並ぶ。遠山さんは、覗き込んでいたファインダーから顔をいったんあげて
「あなたたち親子じゃないみたいと思ってたけど、似ているわね」といった。再びファインダーを覗き込む。

「どこがですか」

「立ち方がね」といってシャッターを切る。

今度おくるわね。用事は他にはないみたいで、遠山さんはゆっくり歩いていった。

「歩いて帰る遠山さんを車で追い越していくの、バツが悪いな」

「乗せてあげるべきだったか」遠山さんは固辞するだろう。こうして見送っていると分かるが、遠山さんは健脚だ。走っているわけではないのに、みるみる背中が小さく

なる。花ちゃんも同じことを思ったらしく、もうあんな小さいよとつぶやいた。

「あの人、伊賀の生まれだからな」父は松尾芭蕉忍者説みたいなことを言い出した。


二人のいなくなった山荘で、初めの日は残り物を適当に平らげた。翌日の昼に、三十分かけてスーパーまでいき、食パンと缶詰とインスタント食品とビールを買った。台風が接近中とテレビでいっていたので少し大袈裟なくらいに買い込んだ。八月中だけは二十四時間営業と張り紙のしてあるコンビニにも寄って雑誌を買った。

台風の上陸を告げる居間のテレビをつけっぱなしにして、僕は書生部屋にこもった。パソコンを起動して、形だけでもとその前に座り続ける。夜中までに数枚も書けなかった。それでも何行か書いては消したりして構想を練った。強い雨音と同時に古い窓枠ががたがたと動き始める。台風だ。裸電球が何度かふっと消えそうになるが、僕は安心していた。雷の音がしないかぎりノートパソコンは使い続けることができる。

テレビの画面は天気図だけになった。嵐は衰える気配がない。父から電話があった。

「うちの敷地の、例の松の木。あれどう、倒れそう」

「分からないよ」僕も父も声が笑っている。

「前から地元の人にも切れ切れっていわれてたんだけどな、いよいよこの台風で家に向かって倒れるかもしれないからさ、屋根が抜けて倒壊するのにも一瞬でってことはないだろうし、とにかく音がしたらすぐ飛び起きて逃げろよ。松の木は大木でも、根が浅いからな」楽しいことを説明しているようだ。暗闇の向こうにそびえたつ松の木を思い浮かべたが、危機感が芽生えない。強風が古い窓枠をさらに強く揺らす。

「大丈夫だよ」

電話を切ってから、突然筆がすすんだ。飛び散っていた水玉と水玉が表面張力でくっついて大きくなっていくように、頭の中でばらばらだった場面と場面とがくっついて、小説の体をなしていく、そんな手ごたえがあった。柱時計が三度鳴り、四度鳴りしても、集中力が途切れない。いつしか風はおさまり、雨だけになっていた。もっと強く降れば、もっとはかどるように感じられた。

雨音は激しいままだが、それでもやがて空は明るみはじめる。窓から、無数の葉が雨にうたれて揺れ続けているのがみえるようになった。眠気を感じ、布団を敷くことにする。小説はまだ未完成だが、次をどう書くべきか僕には分かっていた。ずっと居間の脇に置きっぱなしだった二朗さん宅の布団に寝てみたら、やはりふかふかとして具合がいい。遠くで柱時計がかちかちと鳴っていた。

台風一過の午後、台所の窓からは日が射し、空は遠くまで晴れ渡っているようだった。台所の大きなテーブルでパンといわしの缶詰を食べていると、遠山さんが大丈夫だった、と窓の向こうから声をかけた。勝手口をあけて出迎える。

「こないだの写真、もうできたのよ」ほら、似ているでしょう、立ち方が。

「携帯電話だ」手渡された写真をみて僕はつぶやく。熊手を弁慶の長刀《なぎなた》のように携える花ちゃんと僕と父が、携帯電話のアンテナのようにみえる。だが、その見立てよりも遠山さんの「立ち方が似ている」という言葉の方に感心した。ただ立っている、そのことがどうしようもなく似ている。ただ間違いなく僕は太ってきていて、父は痩せてきているが。

「あなた、まだ化膿症のジャージ着てるの」

「えっ」

「あなたの着ているジャージの、その学校よ」遠山さんは手をのばして、胸のワッペンのついている、ちょうど僕の乳首の上を指でつんとつついた。

「これ、和《かのう》小学校っていうんですか」胸元をみる。

「和っていう地名があるのよ」そうかあ。遠山さんが帰った後もしばらくジャージのワッペンをみつめた。

食器を水切りカゴに収めると、僕はレタス畑に向かった。ミロは連れずに一人で。

家の前のぬかるみは水たまりというよりちょっとした池のようになっていた。飛び越えられそうもないので、端をそうっと歩く。はじめて、自分の携帯電話を持っていった。こちらに着いてからずっと切っていた電源をつけると、画面にHの文字が、それからE、L、L、Oと順番に現れる。森を抜けていくと、畑の上空には遠くまで鱗雲が広がっていた。

レタス畑の真ん中まで歩くと、熊手の隣に棒が立つ。三本立ったところで着信した。滅多にないメールの着信で、操作に手間取る。

妻からだ。送信日時は、二週間以上前の夜だ。

山から帰ってきて、このメールを受信すると思います。

山荘生活、たった三日だったけどとても楽しかった。

私はこの一年ほどにやったことを後悔していない。

そのことをあなたが知っていることを、私は知っています。

それなのに山に連れてきてくれたことが私は嬉しかった。本当にありがとう。

レタス畑で、私はムシのいいことをしてしまいました。

あなたが私に寛大なことと私を許せないことは、どちらも本当のことなのにね。私はしばらく一人で暮らそうと思う。ずっと思考停止だったけど、せめて考えるということを私はしたい。

勝手ばかりでごめんなさい。でも、あなたも同じこと思っていたのではないですか？

それからしつこいけど、お父さんに健康診断に行くように言った方がよいと思います。

それでは。


長いメールだった。打ち間違いもない、書き置きのような文面だ。こういう人だったかなあと戸惑う。口調も、いうことも、なんだか改まっている。妻に限らず、メールの文章は皆少しいい人になる。

今、この場でなら返信をうつことができる。電話をかけることもできる。うつむいて、小さな液晶の画面をみつめる。

レタス畑は涼しかった。いつかここで選択だ、と思った。それは錯覚だったのかもしれない。分かれていると思った道は初めから一本だったのかもしれない。

それでも僕は返信を打とうとむやみに考えてみる。すると、これもまた選択に思えてきて気持ちがぐるぐると回る。ずっとうつむいていたので空を仰ぐと、大きな鳥が頭上を旋回している。どんな言葉をかければいいのだろう。(やり直してくれ)。そんな心にもないことはいえない。(ありがとうだなんて、そんなおためごかしをきくものか)。それほど怒っているわけでもない。そうだ、僕はもう怒ってなんかいないんだ。

旋回している鳥が視界から消えたとき突然、自分が妻に返事をうちたいと、そもそも思っていないことに気付いた。それは妻に冷淡なのではなくて、返事をしなくても平気なのだ。プリクラを捨てても、そういえばまるで平気だった。

メールの返事は、山を下りてから、そのとき思ったままをすればいい。レタス畑のぐるりを眺める。塚のような小山がすべてなくなっていた。

電源を切ろうとして思い直す。小道をうろうろしながら、慣れない手つきで、僕は父に和の字の読み方をメールした。

解説

柴崎友香

先日長嶋さんに会う機会があったので、「カマドウマ、ってなんですか」と聞いた。『ジャージの二人』といえば「カマドウマ」。わたしは今までに一度も聞いたことのない言葉で、『ジャージの二人』で学んだ言葉だ。前後から想像して虫とはわかるものの、どんな形態かまったく想像がつかなかったから、会ったら真っ先に聞こうと思っていた。長嶋さんによると、昔の土間の台所のカマドの周辺に出没する、コオロギに似てるけど後ろ足がすごく長くて、その後ろ足で垂直方向にぴょーんと飛び上がってびっくりする、そういう生き物らしい（今、この原稿を書いていて変換を押すと「竈馬」とちゃんと出てきた）。

わたしは長嶋さんの解説を、へええー、と感心して聞いた。「カマド」「ウマ」で分かれるとは思わず、発音としては「カマドーマ」だからラテン系の響きのする単語（マラドーナとかメラノーマとか）がいくつか浮かび、なんだか得体の知れないとても不気味な虫を想像していた。こういう発想は『ジャージの二人』を読んでいるうちに長嶋さん的なものがうつったのかもしれない。

長嶋さんは、いろんなことを知っていて、わたしはいつも感心させられる。虫もゲームも電化製品も詳しい。雑誌の企画でワープロについての座談会をしたことがあるのだけれど、あのメーカーのはプリンタが別でとか、この機種は画面が九〇度回転して縦になるとか、次々に出てきてそれがちゃんと分類されている。そして、たとえばそのワープロが（あるいは虫が）人気がない原因も考えているし、せっかくいい要素があるからもっとこうアピールすればいいのにと対策を提案もしてくれる。

それは長嶋さんがいつも、身の回りで目や耳や手に触れるさまざまなことに、強く興味を持っているからなんだろうと思う。「愛の反対は無関心」という言葉があるけれど、「興味がある」ことは、世界を知っていくことの始まりなんだとつくづく思う。

小説を読んでいると、その「興味がある」状態がよく伝わってくる。コンビニエンスストアやスーパーで見かける食品から、久しぶりに訪れる山と家の様子、祖母がもらってきたジャージ、近所に住む作詞家の老婦人や父の友人の骨董屋、それにたまにしか会わない父と犬のミロ、ほかに好きな人がいる妻、そしてレタス畑の真ん中で謎の行動をとる少女……。主人公の「僕」の目の前に現れるモノでも人でも、読者も同じように「へぇー」と興味を持って読んでしまうのは、そこに長嶋さんの好奇心が発揮された、小さいけれど新鮮な驚きが描かれているからだと思う。

長嶋さんは、この小説では魚肉ソーセージやジャージや漫画、ほかの小説でもゲームとか駄菓子や電化製品を書いているけれど、それらは決して語り手の持っているノスタルジーや感傷を表す「小道具」として配置されたりはしない。いつも、モノたちは主人公の気持ちとは関係なくなんだかそこにあるのであって、モノに対して語り手は「なんでこのパッケージはこうなってるんだろう」というようにあくまで対象として興味を注ぐ。

関心が自分の外にあること、自分とほかのものが独立して存在していること。これはとても重要なことで、小説では（普段の生活でもそうだけど、小説では特に）油断すると、自分の感情や言いたいことのほうに、あらゆるものを引き込んで意味づけをしてしまう危険がある。だけど、長嶋さんの小説ではちゃんと、「僕」と「魚肉ソーセージ」は「他人」になっている。

そんなことを考えながら読んでいたら、「僕」の妹の花ちゃんがこんなことを言う場面があった。

「でも、夜がこんなに暗いってことを東京の人にどんなに説明しても、うまく説明できないの。いいなあとか、星が綺麗なんでしょうとか、そんなふうにいわれちゃうの」いいなあとか、そういうんじゃなくて、暗いってことだけ伝えたいのにな。

ああっ、それだ！　とわたしは手を叩きたくなった。すごく暗い、と感じたから暗いって伝えたい。それだけのことなのに、なんでこんなにも難しいんだろう。暗いって言ったら、なんでそれに暗い↓自然が素晴らしいとか、暗い↓都会の生活を見直すとかにすぐにつながってしまうんだろう。

小説の読み方がだんだんそういう方式になってきてるんじゃないかと感じることがよくある。この人物はこの世代の特有の性格を象徴している、出てくる駄菓子は主人公にとって○○を意味している、という分析するような言い方とか、主人公みたいに無理しないでそのままの自分でいいんだよというメッセージが込められている、という一言キャッチフレーズみたいなのとかが、普通の人の感想の中にも増えている気がする。いつから小説はそういう「テーマ」や「メッセージ」を解読するものと思われ始めたんだろうか。

評論は小説を通して時代性や現代性を研究するものだから、ある程度縦軸横軸に位置づけたりするものだし、謎解きが楽しみの小説もあるかもしれない。ただ普通に小説を読むときに、特にその小説に最初に接するときは、「この話はなにが言いたいのか」と考えなくてもいいと思う。もちろん読んでみて自分であれこれ思ったり考えたりするのが小説だ。そうではなくて、「意味」や「いいたいこと」を探すことを目的に読むなんて、すごくもったいない読み方だと思う。

単純にほかのジャンルがこうだから、と説明するわけにはいかない。けれど、最近、絵や写真だったらそう思われないのにな、と考えてしまう。ひまわりや隣の家のおじさんが描かれた絵を見て「ただのひまわりでしょ？　隣のおじさんをそのまま描いただけでしょ？　なにがいいたいんだろう？」と思ったりはしない。「ひまわりがきれい→自然は素晴らしい」「おじさんの表情に深みがある→生き方が素晴らしい」ということも、あとからいろいろ考えるうちにそう思うことはあるかもしれないけれど、絵を見ているときはひたすら「ひまわり」「おじさん」を感じる。というよりも、そんな言葉にもならず、ただそこに描かれたものをそのまま受け取るし、感動したらとにかくその絵をそのまま他の人にも見てほしいと思う。けっして「ひまわりがきれいだから、自然を大切にしなければいけないんだ」と伝えたいとはあんまり思わない（その場合は「自然を大切に」という気持ちが先にあって、説明するために絵がぴったりだったということだ）。

なぜ絵や写真だったら、「ただの花じゃない」「なにがいいたいの」と思われないのに、小説だと思われてしまうんだろう、と考えていたわたしに、花ちゃんの言葉は深く響いた。

自分以外のものを勝手に自分のほうへ引き寄せない、という態度はモノだけじゃなく人に対してもそうで、長嶋さんの小説に出てくる人たちはどんな人なのか簡単に把握できない。最後まで、その人のほんの一部分しかわからない。もっと言うと、自分は人の一部分しかわかっていないということを、常にわかっている書き方なのだと思う。

「僕」は、自分以外の人に恋をしている妻に対しても、もちろん嫉妬も悲しみも怒りもあるけれど、それと同じくらい妻がなにを思いどうしてこんな行動に出るのか知りたいと思っている。未知の生物のことを知りたい研究者みたいに必死な（でも表面上は平静を装っている）姿がおかしくて、こういう人、長嶋さんじゃないとなかなか書けないなあ、と思う。

「魚肉ソーセージ」にも「カマドウマ」にも、「父」や「妻」にも、それぞれに対等な距離があり、関心がある。そんな世界の感じが誠実に書いてあるから、わたしは長嶋さんの小説を読んでいるあいだ、現実みたいに戸惑ったり驚かされたりする。

初出

ジャージの二人
「すばる」二〇〇三年三月号
ジャージの三人
「すばる」二〇〇三年十一月号

この作品は二〇〇三年十二月、集英社より刊行されました。
JASRAC出0616481-906

集英社文庫

ジャージの二人《ふたり》

2007年1月25日　第1刷
2019年10月23日　第6刷

定価はカバーに表示してあります。

著　者　長嶋《ながしま》　有《ゆう》

発行者　徳永　真

発行所　株式会社　集英社
東京都千代田区一ツ橋2-5-10　〒101-8050
電話　【編集部】03-3230-6095
【読者係】03-3230-6080
【販売部】03-3230-6393(書店専用)

印　刷　大日本印刷株式会社

製　本　ナショナル製本協同組合

フォーマットデザイン　アリヤマデザインストア　　マークデザイン　居山浩二

ISBN978-4-08-746118-3 C0193